KB240840

Hye Won World Best

Hye Won World Best

Hye Won World Best 88

Revizor

검찰관

I N. V. 고골리 지음 / 이영미 옮김 I

惠園出版社

차 례

믿어라. 그러나 확인하라.

-러시아 속담

검찰관

등장인물

시장 / 안톤 안토노비치 스크보즈니크도우프하노프스키

시장의 아내 / 안나 안드레예브나

시장의 딸 / 마리야 안토노브나

판사 / 암모스 표도로비치 랴프킨챠프킨

자선병원장 / 아르체미 피립포비치 재므랴니카

의사 / 프리스티안 이바노비치

장학관 / 루카 루키치 프로포프

장학관의 아내

우체국장 / 이반 쿠지미치 슈페킨

시의 지주 / 표도르 이바노비치 보브친스키

시의 지주 / 표도르 이바노비치 도브친스키

시의 유지 / 이반 라자레비치 라스타코프스키

시의 유지 / 표도르 안드레예비치 류류코프

시의 유지 / 코로브킨

코로브킨의 아내

경찰서장 / 스테판 일리이치

순경 / 스비스토노프

순경 / 제르지몰더

순경 / 이반 카르보비치

페테르부르크에서 온 관리 / 이반 알렉산드로비치 프레스타코트

페테르부르크에서 온 관리의 하인 / 오시프

시장 하인 / 미슈카

자물쇠 장수의 아내 / 페브로니아 페도로브나 포슈로프키나

여관 하인

하사관의 아내

장사치들

탄원자들

헌병

제1막

시장 집의 한 방

제1장

시장, 자선병원장, 장학관, 판사, 경찰서장, 의사, 순경 두 사람

시장 여러분, 내가 여러분을 부른 것은 여러분에게 불쾌한 소식을 전
하기 위해서입니다. 우리 고을에 검찰관이 온다고 합니다.

암모스 표도로비치 뭐라고요?

아르체미 피립포비치 네? 검찰관이?

시장 글쎄, 페테르부르크에서 검찰관이 몰래 온다는군요. 그것도 비밀지령을 받고서!

암모스 표도로비치 이게 어찌된 일이오!

아르체미 피립포비치 이제까지 걱정거리가 너무 없었다 싶더니만 드디어 찾아들었군요!

루카 루키치 이거 야단났군, 야단났어! 더군다나 비밀지령까지 받았다니…….

시장 어쩐지 예감이라고나 할까, 간밤에 이상한 쥐 두 마리가 밤새껏 꿈에 나오더니만……. 정말이지 그런 쥐는 이때까지 한번도 본 적이 없어. 엄청나게 크고 새까만 놈들이었어! 그놈들이 와서는 냄새를 맡고는 사라져 버렸지. 그건 그렇고, 편지를 읽어드리겠습니다. 안드레이 이바노비치 치미호프에게서 온 거예요. 아르체미 피립포비치, 당신은 그 사람을 알고 있을 거요. 그는 바로 이렇게 썼어요. "삼가 아뢰올 것은…… (재빨리 편지를 훑어보면서 낮은 목소리로 중얼거린다.) 귀하께 알려 드리고 싶은 것은……" 아, 여기로군! "우선 급한 대로 귀하께 알려 드리고 싶은 건, 현 전체, 그중에서도 특히 귀하의 군郡의 시찰을 위해 특명을 띤 한 관리가 도착했다는 것입니다. (의미심장하게 손가락 하나를 세워 보인다.) 소생의 믿을 만한 소식통에 의하면, 그 관리는 일개 시민처럼 가장을 하고 있다고 합니다. 귀하께서는 분별이 있으신 분이시고, 손에 들어온 공물을 유별나게 좋아하는 분이시기에 소생들 모두와 같이 어쩌면 조그만 흠이 있을 걸로 여겨져……" (읽기를 멈추며) 음, 여기에 있는 사람들은 모두가 한패니까 괜찮겠지……. "그래서 아무쪼록 미리 조심하심이 좋을 듯싶어 이 점 충고 드리는 바입니다. 만일 그 관리가 아직 도착하지 않았고, 또 아무 곳에도 잠입해 들어오지 않았다고 한다면, 언제 어느 때에 도착할지 헤아리기 어렵습니다. 어저께……" 음, 여기서부터는 모두 가족에 대한 이야기군요. "저의 누이 안나 카히로브나는 남편과 함께 이곳에 체류하고 있습니다. 이반 키리로비치는 살이 많이 쪘고, 줄곧 바이올린만 켜고 있습니다……." 등등 말하자면 대강 이런 내용입니다.

암모스 표도로비치 그렇군요. 그거…… 심상치 않군요. 정말로 심상치 않습니다. 뭔가 예삿일이 아님이 틀림없어요.

루카 루키치 안톤 안토노비치 시장님, 어찌된 영문일까요? 왜 저희 고을에 검찰관이 온다는 걸까요?

시장 왜냐고요? 아무래도 그건 운명인가 봅니다. (한숨을 쉬고 나서) 여태까진 운 좋게도 다른 도시만 설쳐들었죠. 하지만 이번엔 드디어 우리 차례가 된 거예요.

암모스 표도로비치 안톤 안토노비치 시장님, 저는 말입니다, 여기엔 미묘한 뭔가 정치적인 음모가 있는 걸로 여겨집니다. 말하자면 이런 겁니다. 러시아는…… 그렇습니다……. 전쟁을 시작하려고 생각하고 있는 거예요. 그래서 정부는 말입니다, 아시겠습니까? 어딘가에 배신자가 있지나 않을까 하고 관리를 파견한 겁니다.

시장 아니, 무슨 뚱딴지같은 소리를 하는 거요? 정신 나간 소리 작작 하시오. 이런 시골 마을에 무슨 배신자가 있다는 거요? 그럼, 여기가 국경 마을이라도 된단 말이오? 여기에선 3년을 계속 달려도 어느 나라에도 갈 수 없소.

암모스 표도로비치 아닙니다, 그건 당신이 잘못 알고 있는 거예요. 그렇습니다. 정부는 무엇이든 꿰뚫어보고 있어요. 아무리 멀리 떨어져 있다 하더라도 훤히 낌새를 알아차리고 있단 말입니다.

시장 낌새를 알아차리건 알아차리지 못하건, 그거야 어쨌든 상관할 바가 아니고, 아무튼 여러분께 미리 알려두는 거요. 알겠습니까? 제 일은 제가 그럭저럭 처리해 놓았으니까 여러분에게도 충고를 해 두는 겁니다. 아르체미 피립포비치 병원장, 특히 자네 말이야! 이곳에 오는 관리는 틀림없이 제일 먼저 자네가 관리하고 있는 병원을 시찰하려고 할 거야. 그러니까 자네는 만사를 빈틈없이 조치해 주기를 바라네. 우선 환자의 모자가 깨끗해야겠지? 그리고 환자들 말인데, 아무 때고 지저분한 모습으로 병원 안을 돌아다니고 있는 꼴이 영락없는 대장장이들 같아. 그래선 안 돼.

아르체미 피립포비치 뭐, 그런 것쯤은 아무것도 아니죠. 모자는 깨끗한 걸로 쓰도록 시켜 놓겠습니다.

시장 그래. 그리고 또 침대 하나하나마다 그 위에 라틴어나 뭐 다른 외국어로 된 표찰을 걸어 놓으면 좋겠어……. 프리스티안 이바노비치! 이건 자네 일이야. 누가, 언제, 무슨 병을 앓기 시작했는지 일일이 적어두는 일 말이야. 그리고 자네 환자들 말이야, 병실에 들어가면 언제고 재채기가 날 정도로 독한 담배를 피우고 있는데, 그건 좋지가 않아. 또 병실 환자 수도 좀 줄일 수 있으면 줄여봐. 그렇잖으면 당장 감독 방법이 나빠서 그렇다느니, 의사의 역량이 미숙해서 그렇다느니 하는 말이 나올 거야.

아르체미 피립포비치 오! 저와 프리스티안 이바노비치는 독특한 치료 방법을 쓰고 있습니다. 자연에 가까우면 가까울수록 치료에 매우 좋다는 것이죠. 비싼 약은 절대로 쓰지 않습니다. 인간은 단순한 것이어서 어차피 죽을 사람은 죽게 되어 있고, 나을 사람은 낫게 되어 있거든요. 그리고 또 프리스티안 이바노비치는 환자들과의 이야기를 귀찮아합니다. 실은 러시아어를 한마디도 할 줄 모르거든요.

프리스티안 이바노비치는 '이' 소리 같기도 하고, '에' 소리 같기도 한 소리를 낸다.

시장 다음은 암모스 표도로비치 판사! 자네도 직장에 주의를 기울여 주어야 되겠어. 저, 항상 탄원자들이 기다리고 있는 대기실 말이야. 수위가 조그만 새끼거위들을 기르고 있는데, 그 거위들이 항상 발밑에서 아장아장 돌아다니고 있단 말씀이야. 물론 가정에서 부업을 갖는다는 건 좋아. 그리고 또 수위라고 해서 안 된단 법은 없어. 그렇지만 그런 장소에선 좀 볼썽사납단 말이야. 이에 대해서 전부터 주의를 줘야겠다고 생각했었는데, 그만 깜빡 잊고 있었네.

암모스 표도로비치 오늘 당장 그것들을 싹 잡아들여 부엌으로 보내지요. 뭣하시면 저녁 식사 때 오시는 것이 어떻겠습니까?

시장 그 밖에도 자네 청사 안에 온갖 잡동사니가 널브러져 있는데 말이야. 특히 서류장 위에 걸려 있는 사냥용 채찍! 그거 그거, 좋지가 않아. 자네가 사냥을 좋아하는 건 알고 있네만, 당분간 그걸 치워두는 게 좋을 거야. 검찰관이 가고 난 다음에 다시 그 자리에 걸어 놓아도 괜찮으니까. 그리고 그 배심원 말인데……. 물론 박식한 사람이긴 하지만, 그는 언제나 술독에서 나온 것 같은 냄새를 잔뜩 풍기고 있단 말이야. 그것도 역시 좋지가 않아. 난 진작부터 자네에게 그 얘기를 하고 싶었는데, 어찌된 것인지 깜빡 잊고 있었네. 만일 이것이 그가 말하는 것처럼 정말로 천성적인 체취라고 한다면……. 그걸 고칠 방법이 없겠나? 파든지 마늘이든지, 좌우간 그런 것을 먹도록 하는 게 어떤가? 이번 기회에 프리스티안 이바노비치에게 의학적인 조치를 받게 하는 것도 좋을 것 같군.

프리스티안 이바노비치는 먼저와 똑같은 소리를 낸다.

암모스 표도로비치 아니, 그 냄새만은 없앨 수가 없습니다. 그의 말에 따르면, 어렸을 적에 유모가 그를 떨어뜨렸는데, 그 뒤로부터 줄곧 그 보드카 냄새가 조금씩 나게 되었다고 합니다.

시장 그렇다면야 뭐, 나는 그저 주의를 준 것 뿐일세. 여러 가지 뒷수습 문제와 안드레이 이바노비치가 편지 속에서 흠이라 부르고 있는 것에 대해선 내가 어떻다고 말할 순 없어. 그리고 또 그런 말을 한다는 게 묘해. 그 어떤 죄도 짓지 않고 있는 사람이란 없는데 말이야. 그건 이미 하느님이 그렇게 만들어 놓은 것이지. 자유사상가들이 이러쿵저러쿵 얘기해도 소용없는 일이야.

암모스 표도로비치 그럼 당신께선 무엇을 흠이라고 생각하시죠, 안톤 안토노비치 시장님? 흠도 흠 나름이지 않습니까? 저는 말이죠, 누구에게나 당당하게 뇌물을 받는다고 말합니다. 하나, 그 뇌물이란 게 뭔 줄 아십니까? 보르조이종種 강아지입니다. 이건 뇌물이라고 할 수도 없죠.

시상 강아지든 그 밖의 다른 뭣이든 뇌물은 뇌물이지.

암모스 표도로비치 아니, 그렇지 않습니다. 안톤 안토노비치 시장님, 이를테면 말입니다, 누군가 500루블이나 하는 모피외투를 선사받고 그 아내가 그 솔을……

시장 그래, 자네가 뇌물로 보르조이종 강아지밖에 안 받았다고 해서 어떻다는 거야? 그 대신 자네는 하느님을 믿고 있지 않잖아. 자네는 한번도 교회에 나간 적이 없어. 그에 비하면 일요일마다 교회에 나가는 난, 그래도 신앙심이 깊은 거란 말이야. 한데 자네는…… 그렇고 말고, 잘 알고 있지만 자네의 그 천지창조설을 들을라치면, 그저 난 등골이 오싹해질 뿐이야.

암모스 표도로비치 그건 제 자신이 생각한 거죠. 제 머리로 말입니다.

시장 경우에 따라선 어설픈 머리가 있다는 것이 전혀 없는 것보다 못할 때도 있는 법이야. 그건 그렇고, 내가 군 재판소에 대해서 말한 거 말이야. 그거 그냥 한번 말해 본 것뿐일세. 정직하게 말하자면 누구도 그런 델 들여다보지 않을 걸세. 정말로 부러운 곳이란 말이야. 그곳은 정말 하느님이 지켜 주고 있는 것 같아. 참, 루카 루키치 장학관! 자네는 학교의 장학관으로서 선생들을 신경 써 줘야겠어. 그들은 물론 학식이 있는 사람들이야 하지만, 교원이란 작자들은 모두다 이상한 행동을 한단 말이야. 이를테면, 왜 그 통통한 얼굴을 한 사람 말이야. 이름이 생각나지 않는데……. 어쨌든 그 사람은 말이지, 교단에 오르면 꼭 이렇게 (얼굴을 찡그려 보인다.) 잔뜩 우거지상을 하고 있단 말이야. 그러고 나면 넥타이 밑으로 턱수염을 쓰다듬곤 하는데……. 물론 학생들에게 그런 얼굴을 해 보이는 건 괜찮아. 어쩌면 그렇게 할 필요가 있는 건지도 모르

지. 이에 대해선 나는 판단이 내려지지 않아. 하지만 한번 생각해
봐. 그런 짓거리를 내빈에게 했다고 말이야. 어쩌면 야단날 일일지
도 모르지. 검찰관 나리나 그 밖의 다른 분이 자기에게 그런 짓을
한 걸로 받아들일 수도 있으니까. 그렇게 되면 무슨 일이 벌어지게
될지 모르는 일이야.

루카 루키치 정말이지 그자를 어떻게 해야 하죠? 저는 벌써 몇 차례 그
자에게 주의를 주었습니다. 바로 얼마 전에도, 군의 귀족 회장께
서 교실에 들르셨을 때 일찍이 본 적 없는 그런 상판대기를 하고
있었죠. 그는 별달리 악의가 있어서 그랬던 것은 아니었습니다만,
저는 호되게 문책을 당했습니다. 어째서 젊은이에게 자유사상을
불어 넣고 있느냐고 말입니다.

시장 그리고 역사 과목을 맡고 있는 선생 말이야. 그에 대해서도 자네
에게 주의해 둬야겠어. 그자는 학자야. 그건 나도 알고 있어. 많은
지식을 머릿속에 넣고 있지. 하지만 강의에 열중하면 앞뒤 분별이
없어진단 말이야. 언젠가 한번 그자의 강의를 들은 적이 있는데,
아시리아와 바빌로니아에 관해서 얘기하고 있는 동안에는 괜찮
았어. 그런데 마케도니아의 알렉산더 대왕 얘기가 나오자, 그자가
어떻게 했는지 아나? 난 도무지 자네에게 얘기할 수가 없어. 이거
정말이지 뭐랄까…… 아, 그래, 난 불이라도 난 줄 알았다니까.
정말이야! 갑자기 교단에서 뛰어내려오더니 힘껏 의자를 마룻바

닥에다 메어꽂는 거야. 그야 물론 마케도니아의 알렉산더 대왕은 영웅이지. 하지만 대체 왜 의자를 부숴야 하느냔 말이야. 그건 국고의 손실이야.

루카 루키치 그렇습니다. 그자는 정열가요. 몇 번씩이나 주의를 주었습니다만 "뭐라고 말씀하시건 난 학문을 위해선 목숨을 바칠 것입니다."라는 겁니다.

시장 흠, 그런 것을 두고 운명의 불가해한 법칙이라고 하지. 현명한 인간은 주정뱅이가 아니면 천한 몰골의 상통을 짓는단 말이야.

루카 루키치 제기랄! 장학관 노릇은 정말 못해 먹을 짓이에요. 매일 걱정거리가 끊일 날이 없어요. 너 나 할 것 없이 간섭하려 들지를 않나, 자기의 학문이 높다고 내세우려 들지를 않나, 참.

시장 그런 건 그래도 아무것도 아니야, 젠장. 귀찮은 일은 그놈의 암행이 큰일이지! 불쑥 얼굴을 디밀고선 "모두들 여기에 있었군! 그래, 누가 이곳 판사지?", "랴프킨챠프킨입니다.", "그럼 랴프킨챠프킨을 이리 불러와! 그리고 자선병원장은 누구야?", "재므랴니카입니다.", "재므랴니카를 이리 불러와!" 이렇게 되면 골칫거리란 말이야.

제2장

앞 장의 사람들과 우체국장

우체국장 여러분, 도대체 어떤 관리가 온다는 겁니까?

시장 자넨 아직 듣지 못했단 말인가?

우체국장 물론 들었지요, 표도르 아바노비치 보브친스키에게서요. 방금 저희 우체국에 들렀거든요.

시장 그래, 어떤가? 이에 대해서 어떻게 생각하는가?

우체국장 어떻게 생각하느냐고요? 터키와 전쟁이 시작된 거겠죠.

암모스 표도로비치 바로 맞았소. 나도 역시 그렇게 생각했소.

시장 흥, 두 사람 다 어처구니없군!

우체국장 정말입니다. 터키와 전쟁이 있을 겁니다. 이것은 모두 프랑스의 음모입니다.

시장 터키와 무슨 전쟁이 있다는 거야? 사태가 좋지 않은 건 우리들이지, 터키인들이 아니란 말이야! 그건 이미 다 아는 일이지. 편지를 받았으니까.

우체국장 그렇다면 터키와는 전쟁이 없는 거로군요?

시장 그래. 그런데 자넨 어떻게 생각하나, 이반 쿠지미치 우체국장?

우체국장 제가 어떻게 생각하느냐고요? 당신께서는 어떻게 생각하십

16

니까, 안톤 안토노비치 시장님?

시장 어떠냐고? 두려울 건 없고, 그저 조금…… 장사치와 일반 시민이 마음에 걸린단 말이야. 듣자니까 그들은 내가 아주 딱 질색인 모양이야. 하지만 하늘에 맹세코, 내가 두세 사람으로부터 뇌물을 받았다손 치더라도 그건 조금도 악의가 있어서가 아니야. 나는 심지어 이렇게까지도 생각하고 있어. (우체국장의 팔을 잡고 한 옆으로 데리고 간다.) 어쩌면 나를 누군가가 밀고한 게 아닌가 하고 말이야. 그렇지 않고서야 도대체 뭣 때문에 검찰관이 여길 찾아온다는 거야? 그래서 말이야, 이반 쿠지미치! 이렇게 할 수 없겠나? 우리들 공동의 이익을 위해서 자네 우체국에 들어오는 편지란 편지를 모조리, 말하자면 가는 거든 오는 거든 말이야, 어떻게 좀 개봉해서 읽어볼 수 없겠나? 그 속에 그 어떤 밀고장이나 정부와의 통신 같은 게 들어 있을지 모르지 않나? 만일 그런 편지가 아니라면 다시 봉하면 되고. 하긴 뭐, 또 개봉된 채로 그냥 발송한들 어떨라고.

우체국장 네, 알겠습니다. 그런데 사실, 이미 그렇게 하고 있었던 걸요. 경계를 하기 위해서라기보다 주로 호기심 때문에 그런 짓을 하고 있습니다. 제가 세상의 새로운 소식들을 못 견디게 좋아하기 때문이죠. 그거야말로 흥미진진한 읽을거립니다. 어떤 편지는 읽어보면 정말로 재미있답니다. 여러 가지 일들이 자세하게 적혀 있어서, 실제로 교훈이 되고요. 〈모스크바 신문〉보다도 도움이 됩니다.

시장 그래 어떤가, 페테르부르크에서 오는 관리에 관해 뭐 읽은 것 없나?

우체국장 아뇨, 아무것도 못 읽었어요. 페테르부르크에 관한 건 아무것도 없었습니다만, 코스트로마와 사라토프에 관해선 많이 언급되고 있습니다. 한데 당신께서 편지를 읽지 못하신 건 유감스럽습니다. 정말 재미있는 게 있습니다. 바로 얼마 전입니다만, 한 중위가 친구에게 쓴 편지에서 무도회에 관해 참으로 재미있게 썼더군요. 정말, 참으로 재미있게 썼어요. "사랑하는 벗이여! 내 생활은 공상의 세계에서 흐르고 있소. 떼를 지어 몰려드는 아가씨들, 아름다운 음악이 연주되고 군기는 나부끼고 있으며……" 참으로 깊디깊은 감정이 담겨져 있었습니다. 그래서 저는 일부러 그걸 빼놓았었죠. 어디 읽어보시겠습니까?

시장 아니야, 지금은 그럴 판국이 못 돼. 하지만 부탁하네, 이반 쿠지미치! 만일 진정서라든가 밀고장이 발견되거든 이것저것 따지지 말고 압수해 주기 바라네.

우체국장 기꺼이 그렇게 하겠습니다.

암모스 표도로비치 하지만 조심하라고. 그런 짓을 하다간 언센가 혼쭐날 테니까.

우체국장 아, 그게 그렇군.

시장 괜찮아, 걱정할 거 없다니까. 만일 자네가 그걸 공공연하게 떠벌리고 다닌다면 모르겠지만, 이건 우리끼리만의 일이니까.

암모스 표도로비치 흥, 별꼴이 다 일어나는군! 그런데 저, 실은 말입니다. 안톤 안토노비치 시장님, 전 당신에게 암캐 한 마리를 드리려고 댁으로 찾아가던 참입니다. 당신께서 알고 계시는 수캐의 누이뻘 되는 놈이죠. 아참, 당신도 들으셨겠죠? 체프토비치와 바르호스키가 소송을 일으켰다는 걸 말입니다. 저는 요즘 잔뜩 신바람이 납니다. 양쪽 영지에서 제 마음대로 토끼 사냥을 할 수 있으니까 말입니다.

시장 아니, 이봐. 내가 이 판국에 지금 자네의 토끼 얘기를 듣고 있을 땐가? 내 머릿속에 젠장맞을 놈의 암행인가 뭔가 하는 게 꽉 들어박혀 있단 말이야. 당장에라도 그 문이 홱 열려서…… 갑자기 들어온다면…….

제3장

앞 장의 사람들,
보브친스키와 도브친스키 두 사람이 숨을 헐떡이면서 등장

보브친스키 심상치 않은 사건입니다!

도브친스키 뜻밖의 소식입니다.

일동 뭐가 어찌 됐다는 겁니까?

도브친스키 예기치 않은 일이에요. 저희들이 여관엘 갔더니…….

보브친스키 (말을 가로채면서) 표도르 이바노비치와 함께 여관에 가니까…….

도브친스키 (말을 가로채면서) 이봐, 표도르 이바노비치, 미안하지만 내가 얘기할 테니까…….

보브친스키 (말을 가로채면서) 아냐, 안 돼. 내가 말하겠어. 내가 얘기하겠다니까. 자네는 말재주도 없지 않은가?

도브친스키 하지만 자넨 말을 더듬거리는데다 전부 기억도 못하잖아.

보브친스키 아냐, 기억하고 있어. 정말이야! 정말로 기억할 수 있다니까. 이제 그만 방해하지 말라고. 내가 얘기하게 놔두게. 방해하지 말란 말이야! 여러분, 표도르 이바노비치가 방해하지 않게 해 주세요.

시장 아니, 아무나 어서 얘기를 해! 무슨 일이야? 답답해라. 여러분, 자리에 앉아요! 의자들을 가져오시오! 표도르 이바노비치 지주, 자네도 여기 의자에 앉게!

모두들 두 표도르 이바노비치를 둘러싸고 앉는다.

시장 그래, 무슨 일이야, 무슨 일이냐 말이야?

보브친스키 가만, 가만 좀 있으세요. 차근차근 다 얘기할 테니까요. 그
러니까 당신께서 그 편지를 받으시고 난처해하는 걸 보고 댁에서
물러나자마자 이내 냅다 뛰었죠……. 글쎄, 제발 좀 나의 말을
가로막지 말라고, 표도르 이바노비치! 난 처음부터 끝까지 다 알
고 있으니까. 그래서 전, 아시겠습니까? 코로브킨에게 달려갔습
니다. 한데 공교롭게도 코로브킨이 집에 있지 않아 라스타코프스
키한테 들렀죠. 그 소식을 전하려고요. 그러고선 거기서 나오다가
표도르 이바노비치와 딱 마주쳤는데…….

도브친스키 (말을 가로채면서) 고기만두를 팔고 있는 노점 가까이에서.

보브친스키 고기만두를 팔고 있는 노점 가까이에서. 아무튼 표도르 이
바노비치를 만나서 "자네, 안톤 안토노비치 시장님이 신뢰할 만한
사람으로부터 받은 편지에 대해서 들었나?" 하고 말했더니만, 표
도르 이바노비치는 그 소식이라면 이미 댁의 하녀인 아브도차에게
서 들었다지 뭡니까? 아브도차는 무슨 일인지는 모르겠습니다만,
필리프 안토노비치 포제츄예프의 집으로 심부름을 갔다고 했어요.

도브친스키 (그의 손을 뿌리치면서) 프랑스산 보드카통을 가지러 간 것
입니다. 거기서 전 표도르 이바노비치와 함께 포체츄예프한테 갔
죠……. 이제 이봐, 표도르 이바노비치! 이 대목에선…… 나서지
말라고, 부탁이니까! 그래서 포체츄예프한테 갔습니다. 그런데 도

중에 표도르 이바노비치가 말하기를 "음식점에나 들렀다 가세. 아침부터 아무것도 먹지 않았더니 뱃속에서 이렇게 쪼르륵 소리가 나는걸." 하고 말하더군요. 아닌게아니라 표도르 이바노비치의 뱃속에서 쪼르륵 소리가 나고 있었습니다. "자, 음식점에 들렀다 가지. 지금쯤 싱싱한 연어가 들어와 있을 테니까, 그거나 한번 먹어 보자고." 그래서 저희들은 여관으로 들어갔습니다. 그런데 글쎄 별안간 한 젊은 사람이…….

도브친스키 (말을 가로채면서) 굉장히 훌륭한 풍채에 사복을 입은…….

보브친스키 굉장히 훌륭한 풍채에 사복을 입은 사람이 이렇게 방 안을 거닐고 있지 않겠어요. 근엄한 얼굴을 하고서…… 용모하며, 거동하며, 그리고 여기하며 (손을 이마 언저리에서 내두른다.) 그 모두가 하나도 나무랄 데가 없었어요. 저는 마음에 짚이는 데가 있어 표도르 이바노비치에게 "이건 결코 무심코 지나칠 일이 아닌데." 라고 말했죠. 그러자 표도르 이바노비치는 얼른 손가락으로 신호를 하여 여관 주인을, 여관 주인 브라스를 불렀습니다. 그자의 마누라는 3주일 전에 출산을 했죠. 아주 똘똘한 사내아이를요. 그 녀석 역시 아비처럼 여관 주인 노릇을 하게 될 겁니다. 브리스기 오자, 표도르 이바노비치는 그에게 나지막한 목소리로 "누구야, 저 젊은 사람은?" 하고 물었죠. 그러자 브라스는 이렇게 대답하는 거였어요. "저분은……." 이봐, 말참견을 하지 말아 달라고, 표도르 이바노비치. 제발 부탁인데, 잠자코 있어 주게나. 자네는 얘기하지 못해. 정말로 얘기하지 못한다니까. 이가 빠져서 혀가 잘 돌지 않아 입 속에서 휘파람 소리를 내고 있잖아. 그래서 여관 주인이 말하기를 "저 젊은 분은 관리입니다. 페테르부르크에서 오신 이반 알렉산드로비치 프레스타코프라는 이름의 관리로 사라토프 현에 가신다는 거예요. 그런데 아주 이상야릇한 분이에요. 벌써 지난주부터 묵고 계십니다만 전혀 떠날 기색은 없어요. 그리고 모든 건 나중에 치르기로 하고 외상으로 달아놓기만 할 뿐, 한 푼도 돈을 치르려고 들지 않습니다."라고 말하는 것입니다. 이 말을 듣고 저는 이거야말로 하느님께서 제게 계시를 내리신 거로구나 하는 생각이 번쩍 들었습죠. 그래서 저는 "이봐!" 하고 표도르 이바노비치에게 말했습니다.

도브친스키 아니야, 표도르 이바노비치! "이봐!" 하고 말한 건 나야.

보브친스키 처음에 말한 건 자네였지만, 그 다음엔 나도 말했지. "이봐!" 하고 표도르 이바노비치와 함께 말했습니다. "사라토프 현에 가야 할 사람이 왜 여기에 눌러앉았지?" 그렇습니다. 그게 바로 그 관리예요.

시장 누가? 어떤 관리란 말이야?

보브친스키 왜 기별을 받으셨다는 그 관리 말씀이에요. 그 검찰관이라고요.

시장 (깜짝 놀라며) 무슨 말을 하고 있는 거야, 당치도 않은 소릴! 그럴 까닭이 없어!

도브친스키 아닙니다. 돈도 치르지 않고, 가지도 않고 있답니다. 그가 아니고선 누가 그렇게 할 수 있겠습니까? 게다가 여권에도 사라토프 행이라고 적혀 있단 말입니다.

보브친스키 그 사람입니다. 그 사람이에요. 틀림없어요! 그 사람은 아주 관찰력이 뛰어난 사람같았어요. 모든 것을 죽 훑어보는 눈치였거든요. 저와 표도르 이바노비치가 먹고 있는 연어 요리도 이렇게 쓱 들여다보더라고요. 표도르 이바노비치는 잔뜩 시장기를 느끼고 있어서 먹고만 있었습니다만…… 저는 정말 등골이 오싹했습니다.

시장 주여, 우리 죄인들을 불쌍히 여겨 주옵소서! 그래, 그분께서는 지금 어디에 묵고 계시지?

도브친스키 층계 아래의 5호실입니다.

보브친스키 지난해 출장 왔던 장교들이 치고받고 싸움질을 했던 바로 그 방입니다.

시장 그래, 그분께서 여기에 계신지 얼마나 된 건가?

도브친스키 그러니까, 벌써 두 주일 됐답니다. 이집트의 성자 바실리의 축일(성 배실리 축일인 2월 28일)에 왔다니까요.

시장 두 주일이라! (방백) 아, 이거 야단났군! 오, 이 일을 어쩌지? 요

두 주일 동안에 하사관의 여편네를 채찍으로 때려준 일도 있었고, 죄수들에겐 먹을 걸 주지 않은 일도 있었는데……. 또 거리는 선술집처럼 더럽기 짝이 없을 텐데. 아, 부끄럽고 창피해! 면목이 없구나! (머리를 움켜쥔다.)

아르체미 피립포비치 어떻겠습니까, 안톤 안토노비치 시장님? 정식으로 다 함께 여관으로 찾아가시는 게.

암모스 표도로비치 아니야, 그건 안 돼! 먼저 시장이 앞장서고, 그리고 성직자, 상인 순으로 가야 돼. 바로 《프리메이슨 요한의 업적》이라는 책에도 그렇게 씌어 있어요.

시장 아냐, 아냐, 그건 내게 맡겨둬. 내 한평생에 더러 곤경에 부딪쳐 왔지만, 그럭저럭 모두 무사히 넘겼을 뿐만 아니라, 게다가 또 고맙다는 말까지 들어왔을 정도니까. 아마 이번에도 어떻게 잘될 거야. (보브친스키에게로 얼굴을 돌리면서) 젊은 사람이라고 했었지?

보브친스키 젊은 사나이예요. 기껏해야 한 스무서너 살쯤 됐을까요?

시장 음, 더욱 좋아. 젊은 녀석 같으면 얼른 냄새를 맡을 수 있으니까. 늙은 여우같으면 골치 아프지만 젊은 것들은 무엇이든 모두 겉으로 드러내기 일쑤야. 그럼 여러분, 제각기 모두 자기 맡은 바의 일에 만전을 기하도록. 나는 혼자서, 아니 뭣하면 표도르 이바노비치라도 데리고 산책하는 것처럼 하고, 비공식적으로 여행자들이 불편을 겪고 있지는 않은지 한번 둘러보고 오겠소. 이봐, 스비스토노프 순경!

스비스토노프 네, 왜 그러시죠?

시장 지금 가서 경찰서장을 불러오게. 아, 아냐. 자네에겐 볼일이 있어. 경찰서장을 급히 이곳으로 오도록 누군가에게 일러놓고 자네는 곧 돌아오게.

순경, 급히 뛰어간다.

아르체미 피립포비치 자, 가세, 가. 암모스 표도로비치! 이거 정말로 한바탕 난리가 나고야 말겠어.

암모스 표도로비치 하지만 당신은 뭐, 겁먹을 게 없잖소? 환자들에게 깨끗한 모자를 씌우면 그걸로 그만이니까.

아르체미 피립포비치 환자 모자가 다 뭐야! 환자들에게 오트밀 수프를 주라는 지시가 내려졌는데, 우리 병원 복도에는 온통 양배추 냄새가 진동한단 말이야! 코도 못 들 정도야.

암모스 표도로비치 그러고 보면 난 참 편해. 정말이지, 누가 시골 재판소까지 들르겠니? 시류 따위 들여다보고있댔자 인생이 따분해질 따름이지. 난 벌써 15년 동안이나 재판석에 앉아 있지만, 조서를 들여다볼라치면 골치가 아파. 그 속에 뭐가 진실이고 뭐가 거짓인지는 솔로몬이라도 알 수 없을걸.

판사, 자선병원장, 장학관, 우체국장 퇴장하다가 오던 순경과 문 앞에서 부딪친다.

제4장

시장, 보브친스키, 도브친스키, 순경

시장 어떻게 됐어, 마차 준비는 됐나?

순경 네, 준비 됐습니다.

시장 한길로 나가…… 아니, 잠깐 기다려! 그걸 가지고 와. 한데 다른 녀석들은 어찌 됐지? 자네 혼자야? 프로호로프에게도 이리 오라고 일렀잖아? 어디에 있나, 프로호로프는?

순경 프로호로프는 지금 경찰서에 있습니다만, 아무런 도움도 되지 못할 겁니다.

시장 그건 또 왜?

순경 네, 새벽에 술에 잔뜩 취해서 송장처럼 자빠져 있는 것을 차에 태워 데리고 왔거든요. 물을 두 통이나 끼얹었었는데도 여태껏 술이 깨지 않았습니다.

시장 (머리를 움켜쥐면서) 아, 야단났군, 야단났어! 얼른 한길로 나

가…… 아니, 잠깐. 그전에 내 방으로 가서 내 칼과 내 모자를 가

지고 와! 알겠지! 빨리 말이야! 표도르 이바노비치, 가세!

보브친스키 저도, 저도…… 데려가 주십시오, 안톤 안토노비치 시장님!

시장 안 돼, 표도르 이바노비치 지주! 세 사람이 가면 좀 이상하단 말

이야. 게다가 마차에 세 사람은 탈 수 없어!

보브친스키 아니에요, 괜찮습니다. 저는 마차 뒤를 따라 뛰어가겠습니

다. 그저 다만 틈새로 살짝 들여다보기만 하겠습니다.

시장 (칼을 받으면서 순경에게) 곧 가서 순경들을 모아놓게. 그리고 각자

에게…… 아니, 이게 뭐야? 이 칼은 어지간히 녹슬었군! 그 망할

놈의 장사치 아브돌린 녀석 같으니라고. 시장의 칼이 낡은 걸 알

고 있으면서도 새걸로 보내지 않다니. 교활한 놈 같으니라고! 어

쩌면 그 악당들이 소매 밑에 탄원서를 준비해 갖고 있는지도 모르

지. 각자 거리를 들고…… 제기랄, 거리를 들다니? 대체 내가 무

슨 소리를 하는 거지! 빗자루를 들고 여관으로 가는 길을 모두 쓸

게 해. 깨끗이 쓰는 거야…… 알겠나? 그리고 자넨 조심해, 너!

너 말이야! 나는 다 알고 있어. 너는 거리에서 알짱거리고 있다가

장화 속에다 은수저를 훔쳐 넣었지? 조심하라고. 나는 소식이 빨

라! 그리고 너, 장사치 체르냐예프와 무슨 짓을 했지? 그놈이 자

네에게 제복용의 나사(털이 배게 서 있어 발이 나타나지 않는 두꺼운

모직물)를 2아르신(1아르신은 약 70미터)이나 주었는데, 그걸 혼자

서 몽땅 **빼앗었지?** 조심하라고! 자기 분수에 맞게 굴라고. 그만 가봐!

제5장

앞 장의 사람들과 경찰서장

시장 아, 스테판 일리이치 경찰서장! 그래, 자네는 도대체 어딜 쏘다니고 있었나? 이게 무슨 꼴이야!

경찰서장 전 지금까지 계속 문밖에 있었습니다.

시장 그럼 알고 있겠군, 스테판 일리이치 경찰서장! 페테르부르크에서 관리가 왔다는 소식을 말이야. 그래, 자네는 어떻게 대처하고 있나?

경찰서장 네, 명령대로 했습니다. 프고비친에게 순경들을 붙여 거리를 청소하게 했습니다.

시장 그리고 제르지몰더는 어디에 있지?

경찰서장 제르지몰더는 소방 펌프차를 타고 갔습니다.

시장 프로호로프는 아직 취해 있나?

경찰서장 네, 취해 있습니다.

시장 그래, 자네는 왜 그런 짓을 하도록 내버려뒀나?

경찰서장 그자는 정말로 다루기 곤란한 녀석입니다. 어제 마을 변두리에서 싸움이 벌어졌다기에 말리러 보냈더니, 그렇게 잔뜩 취해서 돌아왔습니다.

시장 그럼 알겠나? 자네는 이렇게 좀 해 주게나. 순경 프고비친……그 녀석은 키가 크고 볼품이 좋으니까, 다리 위에 서 있게 하게. 그리고 구둣방 옆의 낡은 담장을 얼른 헐고서는 구획정리를 하고 있는 것처럼 팻말을 세워. 많이 부수면 부술수록 시장의 활동이 그만큼 더 인정을 받게 되는 법이니까. 앗, 야단났군! 내가 그만 깜빡 잊고 있었네. 그 울타리 옆에 달구지로 40대 분쯤 되는 쓰레기 더미가 쌓여 있는데……. 정말로 이곳은 더럽고 형편없는 도시야! 기념비를 세우거나 간단한 울타리를 치거나 해도 금방 쓰레기 더미가 쌓인단 말이야! (한숨을 쉰다.) 그리고 만일 그 관리가 "뭐, 무슨 불편이라도 없나?" 하고 묻거든 "모든 것에 만족합니다, 각하." 하고 대답하게. 불만을 말한다든가 하면 나중에 재미없을 줄 알아. 아아, 아아! 난 죄가 많은 인간이야. (모자인 줄 알고 상자를 집는다.) 온갖 죄를 저지르고 있어. 하느님, 세발 한시바삐 이 재난에서 벗어나게 해 주십시오. 그렇게만 해 주신다면 아직 아무도 바친 적이 없는 커다란 양초를 바치겠습니다……. 망할 놈의 장사치들에게 초를 3푸드(약 50킬로그램)씩 거둬들여야지.

아, 이런 변이…… 이런 변이 어디 있어! 자, 가세, 표도르 이바노비치! (모자 대신 상자를 쓰려고 한다.)

경찰서장 안톤 안토노비치 시장님, 그건 상자입니다. 모자가 아닙니다.

시장 (상자를 내팽개친다.) 젠장맞을! 상자는 상자로군. 아아, 참 그렇지, 5년 전에 예산을 따낸 병원 부속의 예배당이 왜 아직 완성되지 않았느냐고 물으면, 잊지 말고 말하는 게야……. "짓기 시작했습니다만 불에 타고 말았습니다." 나도 그렇게 보고를 올렸으니까. 그런데 혹 누군가가 깜빡 잊고서 "아직 손도 대지 않았습니다." 하고 멍청스럽게 입을 놀리면 큰일나니까 입단속 잘 시키게. 그리고 제르지몰더에게 너무 함부로 주먹을 휘두르고 다니지 좀 말라고 말해 주게. 그 녀석은 질서를 위한답시고 죄가 있건 없건 누구든 용서 없이 따귀를 후려치는 버릇이 있단 말이야. 자아, 가세, 표도르 이바노비치. (나서려다 말고 되돌아선다.) 그리고 그 군인들 말이야, 벌거숭이 같은 차림으로 거리에 나다니게 해서는 안돼. 그 단정하지 못한 수위병 녀석들, 셔츠 위에 군복을 걸치고 다닐 뿐 아랫도리에는 아무것도 입지 않는단 말이야.

일동 퇴장

제6장

안나 안드레예브나와 마리야 안토노브나가 무대로 뛰어나온다.

안나 안드레예브나 글쎄, 어디에 있지? 그 사람들이 어디로 갔을까? 야
단났네……! (문을 열면서) 여보! 안토샤! 안톤! (빠른 말로) 모두가
네 탓이야, 네 탓이란 말이야. 네가 "내 핀이, 내 스카프가……"
하면서 꾸물거렸기 때문이야. (창문 쪽으로 달려가서 소리친다.) 안
톤, 어디, 어디 가세요, 네? 누가 왔다고요? 검찰관? 수염이 나신
분이라고요? 어떤 수염이?

시장의 목소리 나중에, 나중에 여보!

안나 안드레예브나 나중요? 나중에라고요? 정말 어이가 없군요! 싫
어요, 난, 나중엔 싫단 말예요. 딱 한마디만 해 주고 가요. 어떤 분
이죠? 뭐, 대령이라고요? (멸시하듯이) 흥, 가버렸어! 두고 보자고!
이것도 다 네가, "엄마, 엄마, 잠깐만요. 스카프를 뒤에서 핀으로
꽂고요, 저 다 됐어요." 하고 꾸물거렸기 때문이야. 뭐가 다 됐다
는 게야! 니 때문에 아무 얘기도 못 들었잖아! 쉴벗만 부리려는 너
때문에 이 모양 이 꼴이 된 거야. 우체국장이 왔단 소리에 거울 앞
에서 모양을 내는 꼴 좀 보라지. 저쪽을 봤다가, 이쪽을 봤다가.
너는 그 사람이 너한테 반했다고 생각하는가 본데 천만에, 그 사

람은 네가 돌아서기만 하면 너를 향해 얼굴을 찌푸린다고.

마리야 안토노브나 그래서요? 어쩌란 말이에요, 엄마? 두 시간 뒤면 모든 걸 알게 될 텐데 뭘 그래요?

안나 안드레예브나 두 시간 뒤라고? 참 고맙구나, 고마워. 그렇게 친절히도 말대답해 줘서! 왜 이렇게 말하지 않니? "한 달 뒤면 더 잘 알 수 있을 거예요." (창으로부터 몸을 밖으로 내밀면서) 잠깐, 아브도차! 이봐, 아브도차! 그래, 너는 혹시 누가 왔다는 말 못 들었어? 못 들었다고? 어유, 저런 맹추! 나리께서 손을 흔드셨다고? 손을 흔드신 건 흔드신 거고, 하지만 아무튼 너라도 물어보았더라면 좋았을걸…… 그런 것도 하나 알아내지 못하고! 머릿속에 쓸데없는 생각들로만 가득 차 있어서 그렇다니까. 줄곧 사내 생각뿐이어서 그래. 뭐라고? 모두 급히 서둘러 떠났다고? 그럼, 너도 마차 뒤를 쫓아가면 될 것 아냐. 어서, 어서 가, 지금 곧! 알았지? 달려가서 모두들 어디로 갔는지 물어봐. 잘 물어보란 말이야. 어떤 사람이 왔는가, 어떻게 생긴 사람인가, 알겠어? 틈 사이로 잘 보고 오란 말이야. 어떤 눈을 가지고 있는지, 검은지 어떤지, 그리고 이내 돌아와야 해, 알겠어? 빨리, 빨리, 얼른! 얼른! (막이 내릴 때까지 소리친다. 그리고 막은 창가에 서 있는 두 사람의 모습을 감춘다.)

막이 내린다.

제2막

여관의 조그만 방. 침대, 테이블, 트렁크,
빈 병, 장화, 옷솔, 그 밖의 것들

제1장

오시프, 쭈인의 침내 위에 누워 있나.

오시프 제기랄! 이렇게 배가 고파서야 견딜 수가 있나. 뱃속에서 1개
연대의 병사가 나팔을 불고 있기라도 하듯 쪼르륵거리잖아. 이래

34

갖고선 도저히 집에 못 돌아갈 것 같아. 주인 나리는 대체 어쩌실 작정이지? 페테르부르크를 떠난지도 벌써 두 달째잖아. 그 양반, 도중에 돈만 탈탈 털어버리고는 여기에 틀어박혀 옴짝달싹도 안 하고 있으니, 그러고서도 천하태평이야. 대단도 하지. 하다못해 마차 값 정도는 남겨뒀어야지. 한데 이 양반 그게 아니거든. 어느 곳엘 가든 허세를 부리지 않으면 직성이 풀리지 않지. (주인의 말투를 흉내낸다.) "이봐, 오시프, 가서 방 좀 보고 와. 제일 좋은 방이 어야 해. 그리고 음식도 최상급으로 주문하라고. 난 맛없는 음식은 먹지 못하니까. 최고급 식사라야 해." 정말이지, 그것도 귀족쯤 되는 양반이라면 모르지만, 겨우 보잘 것 없는 미관말직 벼슬아치 주제에! 또 오가다 만난 녀석들과 좀 친해졌다 싶으면 으레 트럼프 놀이를 한단 말이야. 그래서 이렇게 홀랑 털렸다 이 말씀이지. 아아, 이따위 생활엔 이제 진절머리가 난다니까! 정말로 시골이 훨씬 나아. 비록 재미있는 일은 없다고 할지라도 고생은 덜하지. 여편네라도 하나 얻어서 한평생 침대 위에서 뒹굴며 고기만 두나 먹고 있으면 그만인데……. 하지만 누가 뭐래도 페테르부르크에 사는 게 제일이긴 하지. 돈만 있다면 멋지고 화려한 생활을 할 수 있으니까. 극장에서는 개까지도 춤을 추어 보이는 판이니. 무엇이든지 원하는 대로지. 말투만 해도 더할 나위 없이 우아하고, 귀족과 다름없을 정도거든. 시츄킨(페테르부르크 대공원 거리에 있음)의 깡통공장엘 가면 상인들이 나에게까지 "나리." 하고 부르지! 나룻배를 타면 관리들과 함께 앉고 말이야. 말상대가 필요하면 가게를 나가면 된다 이 말씀이야. 그러면 거기에선 기병 장교가 야영 때의 이야기를 해 주는가 하면, 하늘의 별은 어느 것이나 모두 저마다 어떤 뜻을 지니고 있는지 손에 잡힐 듯 이야기 해 준다니까. 그리고 나이 많은 장교의 마누라도 들르기는 하지만, 어떤 땐 쓸 만한 하녀도 눈에 띈단 말이야…… 흐흐흐, (무엇인가를 생각해 내고는 웃으며 고개를 흔든다.) 게다가 사람을 응대하는 태도는 얼마나 정중한지, 상스러운 말을 들으려고 해도 들을 수가 없다 이거거든. 모두 나에게 '존댓말' 을 쓸 판이니. 걷기가 싫으면 삯 마차를 불러 상전처럼 올라타고 있으면 되고, 돈을 치르고 싶지 않으면…… 그것도 문제가 없지. 어느 집에나 빠져나갈 뒷문 정도는 있으니까. 절대로 들킬 염려가 없지. 다만 한 가지 나쁜 건 더러 배가 터지게 맛있는 걸 먹을 수 있다가도 그 다음엔, 이를테면 지금처럼 자칫하다가는 굶어 죽게 되는 꼴을 당할 수도 있다는 거지. 이것도 모두 우리 나리의 잘못 때문이거든. 정말이지 어쩔 수 없는 양반이라니까. 영감마님께서 돈을 부쳐 주시면 그걸 어떻게든 아껴 써야 할 게 아냐. 어찌된 영문인지 마구 뿌리며 다닌단 말이야. 마차를 타고 쏘다니고, 날마다 극장표를 사들이고. 하지만 일주일만 지나 보라지. 땡전 한 푼 없어가지고 새 프록코트를 고물상에다 내다 팔아야 하는 형편이 된단 말이야. 때로는 입고 있는 셔츠까지도 다 내다 팔아, 이 양반의 몸에는 프록코트와 외투밖에 남지 않는 때도 있어. 이건 정말! 옷감이 대단히 고급이지. 영국제 최고급품이니까! 이 프록코트 한 벌만도 150루블이나 나가는 거라고. 하지만 시장에선 단돈 20루블 밖에 안 주지. 더더구나 바지 따윈 말할 것도 없어. 그냥 헐값에 넘겨버리는 거야. 어째서 이 꼴이냐고? 그야, 일을 하지 않으니까 그렇지. 근무처엔 나가지도 않고, 거리를 어슬렁어슬렁 돌아다니고, 트럼프 놀이나 하니까 그렇지. 이런 일을 영감마님께서 아셨다간, 쳇! 영감마님께선 아들이 관리건 뭐건 아랑곳하지 않으시지. 그냥 옷소매를 걷어 올리고, 냅다 내려치면 한 나흘은 아파서 볼기짝을 쓰다듬고 다녀야 할 거야. 근무를 하려거든 똑바로 해야 할 게 아니냐고! 방금도 여관 주인이 뇌까렸잖아. "여태까지의 비용을 계산해 주지 않으면 더 이상 당신들에게 먹을 것을 줄 수 없소." 아, 정말로 먹을 것을 외상으로 주지 않으면 어쩌지? (한숨을 쉰다.) 아아, 하다못해…… 뭐 야채즙이라도 좀 먹었으면 좋겠는데……. 지금 같아선 세상을 몽땅 먹어치우라고 누가 시키면 그렇게 할 수 있을 것 같아. 아, 노크 소리가 난다. 틀림없이 그 양반이 온 거겠지. (얼른 침대에서 뛰어내린다.)

제2장

오시프와 프레스타코프

프레스타코프 어이, 이것 좀 받아. (모자와 지팡이를 건넨다.) 또 침대 위
   에서 뒹굴고 있었나?

오시프 뭣 때문에 제가 뒹굴겠어요? 침대를 처음 본 것도 아닌데!

프레스타코프 거짓말하지 마. 뒹굴고 있었잖아. 이봐, 이렇게 모두 구
   겨졌잖아?

오시프 하지만 저한테 무슨 침대가 필요하겠어요? 아니, 제가 침대가
   뭣인 줄도 모르는 거 같아요? 저에겐 멀쩡한 두 다리가 있다고요.
   전 이렇게 서 있었습니다. 제가 뭣 땜에 나리의 침대가 필요합니
   까?

프레스타코프 (방 안을 왔다갔다한다.) 이봐, 거기 그 가방 속에 담배 없
   나? 좀 봐.

오시프 담배 같은 게 어디 있겠어요! 다 피워버리신지가 벌써 나흘이
   나 됐는 셀요.

프레스타코프 (왔다갔다하면서 여러 형태로 입술을 깨물고 있다가 마침내
   크고 분명한 목소리로) 이봐, 오시프!

오시프 왜 그러시죠?

프레스타코프 (크기는 하지만 아까보다는 분명하지 않은 목소리로) 거길 갔
다 와.

오시프 어디 말씀입니까?

프레스타코프 (이번에는 전혀 분명하지 않고, 크지도 않은 애원하는 듯한
목소리로) 아래 식당에…… 거기에 가서 말해……. 음식을 갖다
달라고.

오시프 싫습니다. 가고 싶지 않아요.

프레스타코프 뭐가 어째? 바보 같은 놈!

오시프 하지만 뻔한 일이에요. 가 보았자…… 별수 없단 말이에요. 여
관 주인이 이제 더는 음식을 못 주겠다고 했어요.

프레스타코프 뭐라고? 음식을 안 주겠다고. 그런 법이 어디 있어!

오시프 그리고 또 이런 말도 하더군요. 시장님에게 고발하겠다고요.
"네 주인이 2주일 동안이나 돈을 안 내고 있어. 네놈도 네 주인도
모두다 한패야. 특히 네놈의 주인은 사기꾼이야. 난 네놈들 같은
건달패나 불한당같은 녀석들을 전에도 노상 보아 왔기 때문에 잘
안다고…….

프레스타코프 망할 녀석, 그런 얘기를 곧이곧대로 내게 전하니까 좋으
냐?

오시프 이런 말도 했어요. "네놈들을 이대로 뒀다가는 모두 이런 식으
로 몰려 들어와서, 실컷 묵겠지. 그렇게 되면 난 잔뜩 쌓인 그 외

상 때문에 내쫓지도 못하고 안절부절 못하겠지. 난 농담을 하고 있는 게 아냐. 당장 고소 할거야. 그래서 유치장 신세도 지게 하고 감옥 맛도 보게 해 주겠어."

프레스타코프 그래, 그래, 이 맹추야. 이제 그만해. 그만하고 얼른 가서 그자에게 음식을 가져오라고 해. 이 무식한 짐승 같은 놈아!

오시프 나리, 차라리 주인을 이리로 불러올까요?

프레스타코프 뭐하러 주인을 불러? 네가 직접 가서 그렇게 말하라니까!

오시프 하지만 나리……

프레스타코프 갔다 오라는데도 망할 녀석아! 에잇, 그래 그럼 주인을 불러와.

오시프 퇴장

제3장

프레스타코프 혼자서

프레스타코프 이거 배가 너무 고픈걸! 산책이라도 하면 조금쯤 시장기가 가시지 않을까 했는데…… 소용이 없군. 젠장맞을, 조금도 나아지질 않는단 말이야. 펜자(모스크바 남동, 사라토프로 가는 도중에 있는 현과 도시)에서 술을 퍼마시지만 않았어도 집에까지 갈 돈은 있었을 텐데. 그 보병 대위 녀석 때문이야. 나를 완전히 속였다고. 그 건달같은 녀석, 어쩐지 트럼프를 다루는 솜씨가 여간 놀라운 게 아니더라니. 기껏해야 15분쯤 앉아 있었는데 이렇게 홀랑 털릴 줄이야. 하지만 다시 한번 녀석과 겨뤄보고 싶군. 이젠 기회도 없을 테지만……. 아아, 이 얼마나 인심 고약한 동넨가! 이젠 채소 가게고 어디고 외상을 주려고 들지 않아. 이거 정말로 치사해. (처음에 〈로베르트〉의 일절을 휘파람으로 불고 난 다음 〈어머니, 내 옷은 만들지 마세요.〉를, 마지막에는 이것도 저것도 아닌 노래를 부른다.) 누구 하나 찾아오는 사람이 없으니.

제4장

프레스타코프, 오시프, 여관 하인

하인 주인이 무슨 일이냐고 가서 들어보고 오라 해서 왔습니다.
프레스타코프 아, 자넨가. 별일 없었나?

하인 네, 덕분에…….

프레스타코프 그리고 어떤가, 요즘은? 장사는 잘 되어가고 있나?

하인 네, 덕분에 잘 되어가고 있습니다.

프레스타코프 손님은 많은가?

하인 네, 좀 있습니다.

프레스타코프 한데 여보게. 아직 여기에 식사를 가져오지 않았어. 빨리 가져오도록 서둘러 주게나. 식사를 끝내고 곧 여러 가지 일을 하지 않으면 안 되니까 말이야…….

하인 하지만 우리 주인께서는 이제 더는 드릴 수 없다고 하던뎁쇼. 오늘은 무슨 일이 있어도 시장님께 가서 고발하겠다고 말씀하셨어요.

프레스타코프 고발을 한다고? 도대체 무엇을 고발하겠다는 게지? 자네도 한번 생각해 보라고! 이게 될 말이냔 말이야. 사람이 먹어야 하지 않는가? 이러다간 말라 죽겠어. 난 지금 배가 고파 못 견딜 지경이야. 지금 농담을 하고 있는 게 아니란 말이야.

하인 그야 그러시겠죠. 하지만 주인님께서는 "여태까지의 계산을 하기 전에는 절대로 음식을 내줄 수 없다."고 하시는 걸요. 도대체가 주인의 대답이 그 모양이어서 말씀이에요.

프레스타코프 그걸 자네가 잘 설득시켜 달란 말일세.

하인 그럼, 뭐라고 말해야 될까요?

프레스타코프 내가 먹어야 한다는 걸 진지하게 잘 설명해 보란 말이야.
돈이야 어떻게든 되겠지……. 아유, 그 주인 녀석은 자기가 하루
쯤 굶어도 끄떡없으니까, 다른 사람도 똑같은 줄로 생각하나 보
지? 참으로 웃기는 녀석이란 말이야.

하인 그럼, 그렇게 얘기해 보죠.

제5장

프레스타코프 혼자서

프레스타코프 정말 먹을 걸 아무것도 안 주면 어쩌지. 이때까지 이렇게
배가 고파 본 적은 없어. 뭐 옷가지 중에서 팔 만한 것은 없을까?
바지라도 팔아버릴까? 안 되지 안 돼. 비록 배를 곯는 한이 있더
라도, 페테르부르크에서 맞춰 입은 옷을 입고 집에 돌아가는 게
낫지. 이요힘(페테르부르크에 있는 유명한 상인으로, 말이며 마차를 취
급하고 있었다.)에게 임대료를 주고 고급마차를 빌려 타고 오지 않
은 게 유감이로군……. 그 멋진 마차를 타고 집에 돌아가면 오죽
이나 좋았을까! 빌어먹을! 제복 차림의 오시프를 뒤에 태우고 램
프가 달린 마차를 타고, 근처의 어느 지주집 현관으로 당당히 타

고 들어간다면 오죽이나 좋으냐 말이야. 모두들 어지간히 놀라겠지. "누굴까? 어떤 분이실까?" 하고. 그러면 내 하인이 들어가서 (똑바로 서서 하인 흉내를 내면서) "페테르부르크에서 오신 이반 알렉산드로비치 프레스타코프 님이십니다. 면회하실 수 있으시겠습니까?" 한단 말이야. 하지만 놈들은 얼간이들이어서 "면회하실 수 있으시겠습니까?" 하는 말이 무슨 말인지도 모르겠지. 근처의 너절한 시골 지주라면 무턱대고 곰처럼 응접실로 뛰어들 테지만…… 나야 어디 그럴 수 있나. 우선 아름다운 따님의 곁으로 다가가서 "아가씨 나는 얼마나……." (두 손을 비비며, 그리고 왼쪽 다리를 뒤로 빼며 절을 한다) 퉤! (침을 뱉는다.) 이제는 어찌나 배가 고픈지 가슴이 다 울렁거리네.

제6장

프레스타코프, 오시프, 다음에 여관 하인

프레스타코프 그래, 어떻게 됐나?

오시프 가져옵니다.

프레스타코프 (손뼉을 치고 의자에서 벌떡 일어난다.) 됐다! 온다! 온다!

하인 (접시와 냅킨을 들고) 주인 말씀이 이게 마지막이랍니다.

프레스타코프 자넨 말끝마다 주인, 주인하네만…… 난 네놈의 주인 따위 말똥만큼도 여기지 않는단 말이야. 그게 뭐지?

하인 수프와 구운 고깁니다.

프레스타코프 뭐? 그래, 딱 두 접시뿐이란 말이냐?

하인 네, 이것뿐입니다.

프레스타코프 누굴 어떻게 알고 있는 거야! 난 그따위는 안 먹어! 주인에게 그렇게 말하라고, 이게 도대체 무슨 짓이냐고……! 고까짓 것 가지고야 모자라!

하인 아닙니다. 주인은 이것도 많다고 말씀하셨습니다.

프레스타코프 그리고 소스는 왜 없지?

하인 소스는 없습니다.

프레스타코프 어째서 없는 거야! 주방 옆을 지나면서 많이 만들어 놓은 걸 이 두 눈으로 똑똑히 봤는데. 그리고 오늘 아침만 해도 식당에서 어느 작달막한 사내 둘이 연어인가 뭔가를 잔뜩 먹고 있는 걸 봤어.

하인 그야 있을는지 모르지만, 그래도 역시 없습니다.

프레스타코프 어째서 없다는 거야?

하인 여하튼 이제 없어요.

프레스타코프 연어니 생선이니 커틀릿은 어떻게 하고?

하인 그런 건 더 훌륭하신 분들에게 드립죠.

프레스타코프 아니 뭐라고? 너 맹추 아냐?

하인 맞아요.

프레스타코프 이 더러운 돼지새끼 같은 놈아! 어째서 그 녀석들은 먹는
데 난 못 먹는단 말이야? 도대체 왜 내가…… 제기랄, 남들처럼
먹을 수 없단 말이야. 그놈들이나 나나 마찬가지로 지나가는 손님
이잖아?

하인 마찬가지가 아닌 건 뻔한 일이어서요.

프레스타코프 어째서 그렇다는 거지?

하인 그거야 뻔하잖아요? 그분들은 아시다시피, 돈을 잘 지불해 주십
니다.

프레스타코프 요 맹추 같은 녀석아, 네까짓 놈하고는 이제 말도 하고
싶지 않다. (수프를 따라 먹는다.) 이게 무슨 수프야? 맹물이지. 아
무 맛도 없고 냄새도 이상하잖아. 이따위 수프는 필요 없어! 딴 것
으로 가져와!

하인 그럼 도로 가져가겠습니다. 안 잡숫겠다고 하시면, 안 잡수셔도
좋다고 주인이 말씀하셨습니다.

프레스타코프 (한 손으로 음식을 감싸면서) 괜찮아, 괜찮아, 괜찮아……
그대로 놔둬, 이 바보야! 그따위 말버릇으로 딴 녀석들을 대하는
지 모르지만 이봐, 난 그런 녀석들과는 달라! 나에게 그따위 말씨
를 쓰면 재미없을 줄 알아……. (먹는다.) 정말이지, 무슨 수프가

이렇지? (계속 먹으며) 이런 수프를 먹는 사람은 이 세상에 한 사람도 없을 거야. 버터 대신 닭털 같은 것이 둥둥 떠 있지를 않나. (닭고기를 자른다.) 아니 이런, 이건 닭고기가 아냐! 구운 고기를 주게! 수프가 조금 남아 있군. 오시프, 너나 먹어라. (고기를 자른다.) 뭐야, 이 구운 고기는? 이건 고기가 아닌데.

하인 그럼, 뭡니까?

프레스타코프 뭔지 알게 뭐야, 다만 고기가 아닌 것만은 분명해. 이건 쇠고기 대신 도끼 자루를 구운 거 같아. (먹는다.) 나쁜 놈 같으니라고! 사기꾼, 이걸 먹으라고 주는 거야? 이런 걸 한 점이라도 먹는 날엔 턱이 남아 나지 않겠어! (손가락으로 이를 쑤신다.) 제기랄! 영락없는 나무껍질이야. 도무지 잡아 뺄 수가 있어야지. 이런 걸 먹다간 이까지 새까매지겠네! 나쁜 놈들! (냅킨으로 입을 닦는다.) 이제 더는 아무것도 없나?

하인 네, 없습니다.

프레스타코프 이 뻔뻔스러운 놈! 더러운 놈 같으니라고! 소스나 케이크쯤은 있어야지. 형편없는 녀석들 같으니라고! 그저 손님들의 돈을 우려내려고만 들다니! (하인은 정리를 하고 오시프와 함께 접시를 가지고 퇴장)

제7장

프레스타코프, 다음에 오시프가 등장

프레스타코프 정말로 이건 먹지 않은 거나 다를 바 없군. 어설프게 뱃속만 버렸잖아. 잔돈푼이라도 있다면 시장에 나가 흰 빵이라도 사오랄 수 있겠는데.

오시프 (등장) 무슨 일인지 모르겠습니다만, 저기에 시장님이 오셔서 나리에 대해서 꼬치꼬치 캐묻고 있습니다.

프레스타코프 (깜짝 놀라며) 이거 큰일 났군! 그 빌어먹을 주인이 그 사이에 벌써 고발을 했군 그래! 만일 정말로 나를 감옥에 처넣는다면 어떡한다? 뭐 어떨라고. 차라리 당당하게…… 아니야, 천만에, 안 될 말이지. 그런 꼴을 당하다니! 거리에는 장교며 많은 사람들이 수없이 돌아다니고 있는데…… 내가 좀 화려하게 굴었어야지. 어느 장사치의 딸에게는 은근한 눈짓까지 보냈는데……. 안 돼, 안 된단 말이야. 그렇지 도대체 시장이 왜 왔지? 내가 저에게 어쨌다는 거야. 아니, 그래 내가 뭐 장사치니 직공 따윈 줄 아는가 보지? (용기를 내고 몸을 뒤로 젖힌다.) 그렇지, 다짜고짜 이렇게 소리쳐 줄 테다. "왜 그러시는 겁니까, 무례하게도!" (문의 손잡이가 돌아간다. 프레스타코프는 새파랗게 질려 움츠러든다.)

제8장

프레스타코프, 시장, 도브친스키

시장은 들어서자 멈춰 선다. 두 사람은 놀라서 잠시 동안 서로 물끄러미 바라보고 있다.

시장 (다소 마음을 가라앉히고, 두 손을 똑바로 다리 옆에 붙이고 부동자세로) 안녕하십니까?

프레스타코프 (절을 한다.) 안녕하십니까…….

시장 실례하겠습니다.

프레스타코프 천만에요.

시장 저는 이 시의 시장입니다. 여행자나 신분이 높으신 분들에게 어떤 불찰이라도 생기지 않았나 싶어 살피러 왔습니다. 그게 제 의무라서요.

프레스타코프 (처음에는 약간 우물거리다가 나중에 가서는 큰 소리로 말을 한다.) 그렇지만 어떻게 하겠습니까……? 제가 나쁜 것이 아닙니다……. 돈은 틀림없이 지불하겠습니다……. 시골에서 돈을 부쳐올 테니까 말입니다. (도브친스키, 문틈으로 들여다본다.) 이 집 주인이 나빠요! 마치 통나무처럼 씹기 힘든 쇠고기를 내놓지 않나, 수프는 거기에 무엇을 처넣었는지 알 수가 없지 않나. 전 어쩔 수 없이 그걸 창 밖으로 쏟아버렸다고요. 녀석은 저를 며칠이고 굶겨 이렇게 수척하게 만들었어요. 차만 해도 여간 별난 게 아니에요. 비릿한 냄새가 나서 도저히 마실 수가 없어요. 도대체 뭣 땜에 제가…… 이런 대접을…… 어처구니가 없어서!

시장 (벌벌 떨면서) 죄송합니다. 하지만 결코 제가 잘못한 건 아닙니다. 저희 시에는 언제나 좋은 쇠고기가 있습니다. 홀모고르스크의 장사치들이 가져오는데 모두 정직한 놈들이어서 신용할 수 있죠. 이 집 주인이 어디에서 그런 걸 샀는지는 도무지 알 수 없습니다만, 혹 뭔가 불편하시다면…… 어떻겠습니까, 다른 집으로 옮기시는 게? 안내해 드리겠습니다.

프레스타코프 아니 싫습니다. 전 다른 집이라는 게 무슨 말씀인지 알고 있습니다. 감옥 말이죠? 도대체 당신에게 무슨 권리가 있다는 겁니까? 어디라고 감히……? 저는…… 저로 말할 것 같으면…… 페테르부르크의 관리란 말입니다. (용기를 내어) 저는, 저는…….

시장 (방백) 아니, 어지간히도 성미가 급하시군! 모두 다 알고 있는 모양인데, 모든 것을 그 빌어먹을 장시치 녀석들이 다 고해바친 게 틀림없어!

프레스타코프 (허세를 부리며) 설령 당신이 당신의 부하들을 데리고 온다 하더라도…… 전 가지 않을 겁니다! 전 직접 장관에게 호소할 거란 말이요! (주먹으로 테이블을 친다.) 당신이 뭡니까? 당신이 뭐란 말입니까!

시장 (똑바로 서서 온몸을 와들와들 떨며) 용서하십시오. 도와주십시오! 아내와 어린 자식들이 있습니다. 제발 저를 불행한 인간으로 만들지 말아 주십시오.

프레스타코프 아닙니다, 전 싫습니다! 그리고 그런 말이 어디 있습니까! 도대체 어쨌다는 겁니까? 당신에게 처자식이 있다고 해서 제가 감옥에 가지 않으면 안 된다니…… 어처구니가 없어서! (보브친스키가 문틈으로 들여다보고 있다가 깜짝 놀라서 숨는다.) 아니, 어쨌든 호의는 고맙지만, 전 딱 질색입니다.

시장 (벌벌 떨면서) 모든 것이 저의 불찰로, 정말로 경험이 없어서입니다. 실은 살림이 워낙 어려운 형편이어서…… 제발 그 점 잘 살펴 주시기 바랍니다. 정부로부터 받는 봉급으로는 차와 설탕 값도 모자랍니다. 설사 그 어떤 뇌물 같은 게 있었다손 치더라도 지극히 하찮은 겁니다. 뭐, 식탁에 오를 반찬이나 옷 한 벌 정도의 것입니다. 그리고 무허가로 장사를 한 하사관 아내에 대한 것은…… 제가 채찍으로 때리기라도 한 것처럼 말하고 있는데, 그건 중상모략이올시다. 저를 헐뜯는 자들이 꾸며낸 일로써, 그놈들은 제 목숨이라도 **빼앗을** 놈들입니다.

프레스타코프 그러니까 어쩌겠다는 겁니까? 전 그자들과는 아무 상관이 없단 말입니다. (생각에 잠긴다.) 한데, 왜 당신이 헐뜯는 사람이 어떻고, 하사관 아내가 어떻고 하면서 말씀하시는 건지 전 모르겠습니다. 하사관 아내가 어떻든 간에 당신은 감히 저에게 채찍질을 할 수 없을 거예요. 그렇게 내버려두지 않을 테니까⋯⋯. 천만의 말씀이지요! 조심하는 게 좋을 거요! ⋯⋯지불하지요. 돈을 지불하지요. 하지만 지금 당장은 없어요. 돈을 한 푼도 갖고 있지 않으니까 여기에 이렇게 주저앉아 있는 겁니다.

시장 (방백) 야, 잘도 둘러대는군! 별놈이 수작을 다 걸려고 들어? 뭐가 뭔지 알쏭달쏭한 소리를 하는데. 누가 이 수수께끼를 풀어 보라고. 어디서부터 손을 대야 할지 도무지 알 수가 없군. 하지만 뭐, 한번 해보는 수밖에 별도리가 없어. 운에 맡길 수밖에! (보통 목소리로 되돌아와서) 만일 정말로 돈이라든가 그 밖의 불편하신 것이 있으시다면, 곧 변통해 드리겠습니다. 여행 중의 손님을 돕는 게 제 의무니까요.

프레스타코프 그러시다면⋯⋯ 돈 좀 꾸어주시겠습니까? 곧 이 집 주인에게 지불하겠습니다. 딱 200루블만 있으면 되겠습니다. 아니 뭐, 더 적더라도 상관없습니다.

시장 (지폐를 꺼내면서) 마침 200루블이 있습니다. 뭐, 세실 것 없습니다.

프레스타코프 (돈을 받으면서) 정말로 고맙습니다. 시골에서 당장에라도 돈을 부쳐오면 돌려 드리겠습니다. 워낙 갑작스런 일이어서⋯⋯. 어쨌든 당신은 훌륭한 분이시군요. 이렇게 되면 이야기는 달라집니다.

시장 (방백) 돈을 받아서 정말 다행이다. 일이 어째 순조롭게 잘 풀릴 것 같군. 200루블이라 하고는 400루블을 쥐어 주었으니까 말이야.

프레스타코프 이봐, 오시프! (오시프 등장) 하인을 불러! (시장과 도브친스키를 향해) 당신네들, 왜 그렇게들 서 계십니까? (도브친스키에게) 자, 좀 앉으실까요? (도브친스키에게) 자, 앉으세요, 좀.

시장 괜찮습니다. 저희들은 그냥 이렇게 서 있겠습니다.

프레스타코프 그러지 마시고 좀 앉으시죠. 자, 어서. 이것으로 당신의 솔직담백한 성품과 친절을 잘 알았습니다. 사실대로 말씀드리자면, 당신이 여길 오신 것은, 즉 저를…… (도브친스키에게) 앉으시지요!

시장과 도브친스키 앉는다. 보브친스키, 문틈으로 들여다보며 귀를 바싹 기울인다.

시장 (방백) 이거 좀 더 대담하게 대하지 않으면 안 되겠는걸. 이 양반, 끝까지 자기의 신분을 감출 작정이군. 그렇다면, 좋아! 이쪽에서도 어디 한번 딴청을 부려봐야지. 상대방이 누구인지 전혀 모르는 것처럼 시치미를 뚝 떼고……. (보통 목소리로 돌아와서) 저는 바로 여기에 있는 이 마을의 지주 표도르 이바노비치 도브친스키와 함께 동행하여, 직책상의 순시를 겸해서 손님들의 접대상황을 살피기 위해 특별히 이 여관에 들렀습니다. 저는 일에 관해서 전혀 무관심한 여느 시장과는 좀 다르죠. 저는 직무 이외에 있어서는 그리스도 정교의 박애주의에 입각하여 모든 사람에게 친절을 베풀고자 하는 사람입니다. 그래서 그런지, 마치 그 보답이기라도 하듯 마침 이렇게 가까이 모실 수 있는 유쾌한 인사를 나누게 되었습니다.

프레스타코프 저도 역시 매우 유쾌합니다. 당신이 아니었다면 정말이지 마냥 이곳에 있지 않으면 안 될 뻔했습니다. 어떻게 돈을 치러야 할지, 전혀 마련할 길이 없었으니까요.

시장 (방백) 흥, 그럴듯하게 말하는데, 뭐 어떻게 돈을 치러야 할지 전혀 모르고 있었다고? (보통 목소리로 돌아와서) 저, 실례의 말씀입니다만 어느 쪽으로, 어디로 가시는 길이시지요?

프레스타코프 사라토프 현의 우리 영지로 가는 길입니다.

시장 (방백, 비꼬는 듯한 표정을 띠며) 사라토프 현이라고! 뻔뻔스럽게 얼굴빛 하나 붉히지 않고 있는데! 이 사나이는 어지간히 조심하지 않으면 안 되겠는걸. (보통 목소리로 돌아와서) 그것 참 좋은 생각이시군요. 하긴 여행이란, 한편으로는 도중에 갈아탈 말을 기다리지 않으면 안 되는 그런 불편한 일이 있긴 하지만, 또 한편으로는 머리를 식히기 위한 좋은 휴식이 되기도 하죠. 당신께선 틀림없이 자기 자신의 즐거움을 위해서 가시는 거겠지요?

프레스타코프 아닙니다. 아버님께서 돌아오라고 해서 가는 겁니다. 여태껏 페테르부르크에 있으면서 조금도 높은 자리에 오르지 못하고 있으니까 영감님께서 화가 나신 겁니다. 아버지께서는 페테르부르크에 가기만 하면 이내 블라디미르 훈장이 단춧구멍에 매달리게 되는 줄 알고 계십니다. 하지만 천만의 말씀이지요. 저는 아버지께서 관청 근무를 한번 해 보셨으면 좋겠어요.

시장 (방백) 아니, 정말이지, 잘도 씨부렁거리는군. 늙은 아버지까지 들고 나오다니! (보통 목소리로 돌아와서) 그럼 그곳에서 오래 머무르실 겁니까?

프레스타코프 글쎄요, 잘 모르겠는데요. 워낙 아버지께서 고집불통인데다가 통나무처럼 융통성이 없는 늙은이여서 말입니다. 하지만 저는 아버지께 분명하게 말할 작정입니다. "뭐라고 하시든, 전 페테르부르크에서 살 겁니다." 정말이지, 뭣 때문에 농부들을 상대로 인생을 덧없이 보내야 합니까? 지금은 세상의 요구 자체가 전혀 다르잖아요. 저의 마음은 문명을 갈망하고 있습니다.

시장 (방백) 정말 잘도 말을 둘러대는구나! 거짓말을 술술 해 대면서도 조금도 들통이 나지 않으니…… 정말로 작은 몸집에다가 어지간히 볼품도 없군. 손가락 하나만으로도 비틀어 버릴 수 있을 것 같은데…… 하지만 어디 좀 두고 보라지. 제가 순순히 얘기하지 않고 배겨나나. 좀 더 지껄이도록 내버려 두자. (보통 목소리로 돌아와서) 정말 그렇습니다. 궁색한 시골구석에 틀어박혀 무엇을 할 수가 있겠습니까? 간단히 말하면, 바로 여기서도 그렇죠. 밤잠도 자지 않고 나라를 위해서 동분서주 노고를 아끼지 않고 있습니다만, 언제쯤 되어야 그 노력이 인정될는지…… (방 안을 이리저리 둘러본다.) 이 방은 좀 축축한 것 같은데요?

프레스타코프 불결하기 짝이 없는 방입니다. 게다가 그 빈대란 놈이 말이오. 난 이런 빈대는 처음이오. 개처럼 물어뜯는다니까요.

시장 저런! 아니, 빈대가요! 당신 같이 교양 있는 훌륭한 분께서 도대체 무엇 때문에 이런 고생을 하십니까? 그따위, 이 세상에 태어나지 않아도 될 그 하잘것없는 빈대 때문에 고생을 하시다니! 게다가 아무래도 이 방은 어두운 것 같은데요?

프레스타코프 그렇습니다. 아주 어둡습니다. 주인이란 놈이 촛불을 갖다 주려 하지를 않아요. 이따금 뭔가 좀 하고 싶을 때, 그러니까 책이라도 읽고 싶거나 뭔가 창작을 좀 하고 싶다는 생각이 들어도 여기선 되지를 않습니다. 어두워요, 정말 어두워요.

시장 이런 말씀을 드리긴 대단히 죄송합니다만, 하지만…… 아닙니다. 저는 그럴 자격이 없습니다.

프레스타코프 무엇을 말입니까?

시장 아닙니다, 아녜요. 감히 생각할 수도 없는 일이지요. 그럴 자격이 없습니다!

프레스타코프 도대체 무엇을 말입니까?

시장 그럼, 염치불구하고 말씀드리겠습니다……. 저희 집에 기분 좋게 지내실 수 있는 아담한 방이 하나 있는데, 밝고 조용하고…… 그러나 이건 너무나 분에 넘치는 영광이라 생각되어서요. 제발 화를 내지 말아 주십시오. 문득 생각난 대로 말씀드렸을 뿐이니까요.

프레스타코프 천만에요. 오히려 대단히 기쁩니다. 이런 하잘것없는 여관에 있는 것보다는 개인 집에 있는 편이 훨씬 기분이 나을걸요.

시장 이거 정말로 기쁩니다. 우리 집사람도 매우 기뻐할 겁니다. 저도 그런 성격이어서 말이에요. 어렸을 때부터 손님을, 특히 교양 있는 훌륭한 분을 접대하는 걸 대단히 좋아했습니다. 제가 아부를 하느라고 이런 말씀을 드리고 있다곤 생각지 말아 주십시오. 그런 못된 짓은 전혀 할 줄 모르니까요. 다만 너무나 기쁜 나머지 이렇게 말씀드리고 있는 겁니다.

프레스타코프 참으로 감사합니다. 저 자신도 역시 겉 다르고 속 다른 인간은 질색입니다. 저는 당신의 그 솔직하고 친절한 점이 무척 마음에 듭니다. 그리고 저도 그 뭐랄까요. 타인에게서 아무것도 요구하지 않습니다. 신뢰와 존경을 보여 주기만 하면 되는 겁니다. 신뢰와 존경 말입니다.

제9장

앞 장의 사람들

오시크가 하인을 데리고 온다. 보브친스키, 문틈으로 들여다본다.

하인 부르셨습니까?

프레스타코프 음, 계산서를 가져와.

하인 아까 두 번째 계산서를 갖다드리지 않았습니까?

프레스타코프 그따위 계산서 같은 건 외우고 있지 않아. 얼마지?

하인 첫날에는 점심을 주문하셨습니다. 이틀째 되는 날은 연어를 잡
수셨고, 그 다음부터는 외상을 하셨습니다.

프레스타코프 요 맹추 같은 녀석아! 또 낱낱이 셈을 시작할 셈이냐?
모두 얼마냔 말이야?

시장 아니, 그런 염려는 마십시오. 나중에 계산하셔도 됩니다. (하인에
게) 나가, 돈은 보내 줄 테니까.

프레스타코프 아닌게아니라, 그러는 게 좋겠군요. (돈을 집어넣는다.)

하인 퇴장, 문 앞에서 보브친스키가 들여다본다.

제10장

시장, 프레스타코프, 도브친스키

시장 어떻겠습니까? 이제부터 저희 도시의 몇몇 시설, 즉 자선병원과
    그 밖의 시설을 살펴보심이…….

프레스타코프 거기에 뭐가 있습니까?

시장 그저, 한번 둘러보시죠. 저희들이 일을 어떻게 하고 있는가, 규율
    은 어떠한가…….

프레스타코프 좋습니다. 그렇게 하겠습니다.

보브친스키, 문간에서 고개를 내민다.

시장 또 괜찮으시다면 학교에 들러서, 수업을 참관해 주십시오.

프레스타코프 그렇게 하죠. 그렇게 해요.

시장 그런 다음 혹시 원하신다면, 이 마을의 유치장과 감옥을 방문해 주
    셔서 죄수들이 어떤 대우를 받고 있는지도 한번 살펴봐 주시지요.

프레스타코프 감옥은 뭣 하러요? 아니, 그보다는 차라리 자선병원을
    살펴보는 게 더 낫겠어요.

시장 좋으실 대로 하십시오. 그럼 마차는 어떻게 할까요? 당신의 마차

로 가시겠습니까, 그렇지 않으면 저의 마차로 함께?

프레스타코프   그래요. 당신의 마차로 함께 가는 게 좋겠습니다.

시장 (도브친스키에게) 이렇게 되면 자네 자리가 없는데.

도브친스키 괜찮습니다. 저는 상관없어요.

시장 (나직한 목소리로 도브친스키에게) 자네 말이야, 급히…… 그래, 되도록 빨리 달려가서 두 통의 편지를 꼭 좀 전해 주게. 한 통은 자선병원의 재므랴니카에게, 또 한 통은 우리 집사람에게 말이야. (프레스타코프에게) 대단히 죄송합니다만, 마중할 준비를 하도록 여기서 집사람에게 편지를 쓰도록 해 주시겠습니까?

프레스타코프   뭘 하시려고 그렇게까지? 하지만 뭐, 잉크는 여기에 있습니다. 그리고 종이라면…… 어떻게 한다…… 아, 이 계산서는 어떻겠습니까?

시장 그럼 거기다 쓰겠습니다. (쓰면서 혼잣말로) 그래, 어디 두고 보자. 식사와 술이 나왔을 때 어떻게 되는지! 그렇지, 마침 집에 이 지방에서 생산되는 백포도주가 있지. 그 술은 겉보기에는 별로지만 코끼리 다리라도 비틀거리게 할 정도로 독하지. 나는 그저 놈이 어떤 놈인지, 또 어느 정도 조심하지 않으면 안 되는지 정도만 알면 그만이야.

다 쓰고 나서 도브친스키에게 넘겨준다. 도브친스키가 입구 쪽으로 다가간다. 이때 문이 떨어지고 문 뒤에서 엿듣고 있던 보브친스키가 문과 함께 무대로 나동그라진다. 일동, 놀라 외마디 소리를 지른다. 보브친스키 일어난다.

프레스타코프 무슨 일이시죠? 어디 다치진 않았습니까?

보브친스키 아뇨, 괜찮습니다. 아무렇지도 않아요. 걱정하실 건 없습니다. 그저 콧등이 조금 부어올랐을 뿐입니다! 저는 프리스티안 이바노비치의 집으로 달려갔다 오겠습니다. 그 사람은 좋은 고약을 갖고 있으니까, 이런 것은 곧 나을 겁니다.

시장 (보브친스키에게 나무라는 시늉을 해 보이면서 프레스타코프에게) 뭐, 아무 일도 아닙니다. 자, 그럼 가실까요? 짐은 당신 하인에게 나르라고 일러두지요. (오시프에게) 자네 말이야, 짐을 우리 집까지 날라다 주지 않겠나? 시장 집이라고 하면 누구든지 가르쳐 줄걸세. 자, 그럼 가시죠. (프레스타코프를 앞장서게 하고 그 뒤를 따른다. 그러나 뒤돌아보며 보브친스키에게 나무라듯이 말한다.) 정말이지, 딱하군 딱해. 아 그래 그렇게도 넘어질 데가 없던가? 하필이면 이런 데서 벌렁 나자빠지니 도대체 이게 무슨 꼴이야! (퇴장, 그 뒤를 보브친스키가 따른다.)

막이 내린다.

제3막

1막과 같은 방

안나 안드레예브나와 마리야 안토노브나, 1막과 똑같은 자세로 창가에 서 있다.

안나 안드레예브나 그것보란 말이야. 벌써 꼬박 한 시간을 기다리고 있
잖아? 이것도 모두 그 어리석은 몸치장 때문이야. 치장이 다 끝났

나 하면 또 꾸물거리고……. 이제 다시는 네 말을 들어주나 봐라. 아유, 속상해! 마치 일부러 그러기라도 하는 것처럼 사람 그림자 하나 얼씬하지 않는구나! 원, 마치 모두 죽어버리기라도 한 것 같아.

마리야 안토노브나 하지만 엄마, 정말로 이제 한 2분만 있으면 모두 알게 돼요. 이제 곧 아브도차가 올 거예요. (창에서 밖을 내다보며 소리친다.) 엄마, 엄마! 누군가가 오고 있어요. 저기 저 한길 끝에.

안나 안드레예브나 어디 말이야? 너는 언제나 꿈같은 소리만 하지. 아, 정말 오는구나. 도대체 누가 오고 있는 걸까? 그리 크지 않은 키에…… 프록코트를 입고……. 도대체 저게 누굴까? 아이, 속상해라! 누구지? 누가 저렇게 생겼더라?

마리야 안토노브나 도브친스키예요, 엄마.

안나 안드레예브나 뭐가 도브친스키야? 너는 언제나 그런 얼토당토않은 말을 잘도 생각해 내는구나! 도브친스키는 뭐가 도브친스키야? (손수건을 흔든다.) 이거 보세요, 잠깐 이쪽으로 좀 와요! 빨리!

마리야 안토노브나 정말이에요, 엄마. 도브친스키예요.

안나 안드레예브나 이거 보라지, 일부러 우겨대는 것 좀 봐. 도브친스키가 아니라고 했잖니!

마리야 안토노브나 그럼 누구란 말이에요, 엄마! 보세요, 도브친스키잖아요.

안나 안드레예브나 아, 정말 그렇구나. 도브친스키구나! 그런데 넌 왜

그렇게 말이 많은 거니? (창에서 소리친다.) 빨리! 빨리! 원 어지간
히 느리기도 하지. 아니, 그런데 다들 어디 있어요? 네? 거기서 말
씀하세요, 괜찮으니까. 어때요? 엄한 분이신가요? 네? 우리 바깥
양반은, 바깥양반은요? (창에서 좀 떨어지며, 화가 난 듯이) 참 미련
도 하지. 꼭 방 안에 들어와서 말하려 한다니까!

제2장

앞 장의 사람들, 도브친스키

안나 안드레예브나 자, 어디 좀 말씀해 보세요. 당신 그렇게 하고도 부
끄럽지 않으세요? 저는 당신 하나만은 똑똑한 사나이라고 생각하
고 의지하고 있었단 말이에요. 그런데 사람들 모두가 뛰어나가니
까, 당신까지도 그 뒤를 따라나서더군요! 전 뭐가 뭔지 영문도 모
른 채 계속 이러고 있었다고요. 창피하지도 않으세요? 전 댁의 와
니치카와 라산카의 이름을 지어준 대모라고요. 그런데 당신이 저
에게 이렇게 나오기예요?

도브친스키 천만의 말씀입니다, 대모님. 당신 생각을 했기 때문에 이
렇게 숨이 가쁘게 달려오지 않았습니까? 안녕하세요, 마리야 안

토노브나!

마리야 안토노브나 안녕하세요, 표도르 이바노비치!

안나 안드레예브나 그래, 어떻게 됐어요? 자, 말씀해 보세요. 그쪽 일이 어떻게 됐죠?

도브친스키 안톤 안토노비치께서 당신께 편지를 적어 보내셨습니다.

안나 안드레예브나 그분은 어떤 분이셨나요? 장군이셨나요?

도브친스키 아뇨, 장군은 아니지만 장군 못지않으십니다. 학식도 있고, 행동거지도 여간 의젓한 게 아니에요.

안나 안드레예브나 아, 그럼 지난번 바깥양반에게 온 편지에 씌어 있던 바로 그분이시군요.

도브친스키 분명 그분일 겁니다. 저와 표도르 이바노비치가 제일 먼저 발견했습니다.

안나 안드레예브나 자, 말씀해 보세요. 뭐가 어떻고 어떠한지?

도브친스키 네, 다행히도 모든 일이 순조롭게 풀렸습니다. 처음엔 그분께서 안톤 안토노비치를 대하시는 품이 약간 거칠었죠. 그래요, 상당히 화가 나서는 여관이 형편없다느니, 당신에게는 가지 않겠다느니, 시장 때문에 감옥에 가게 된다면 그게 말이 되느냐느니 하셨습니다. 하지만 곧 안톤 안토노비치에게 딴 뜻이 없다는 것을 알고 몇 마디 말씀을 나누자 이내 생각을 바꾸셨죠. 그 후론 모든 일이 순조롭게 잘 되었어요. 방금 여러 사람들과 자선병원으로 시찰 가셨어요. 하지만 사실을 말하자면, 안톤 안토노비치는 행여 밀고라도 당하지 않았을까 속으로 걱정하고 계셨던 모양이에요. 사실 이렇게 말하는 저도 은근히 떨었답니다.

안나 안드레예브나 당신이 겁낼 일이 뭐가 있기에요? 당신은 관청에 근무하고 있는 것도 아니잖아요?

도브친스키 그렇긴 합니다만, 그래도 신분이 높은 분께서 말씀하시는 걸 보고 있자면 괜히 겁이 나거든요.

안나 안드레예브나 그건 그렇지만…… 한데, 그런 쓸데없는 소리는 그만두고, 그분은 어떤 분이시죠? 나이 많은 분, 아니면 젊은 분?

도브친스키 젊디젊은 분입니다. 한 스물세 살쯤 됐을 거예요. 그렇지만 마치 늙은이 같은 말투로 얘기해요. "그럼 가기로 하지요…… 거기에요, 거기에요." (두 손으로 몸짓을 한다.) 이런 식으로 능란하고 멋이 있었습니다. "저는 쓰거나 읽거나 하는 일을 매우 좋아합니다만, 아무래도 이 방은 어두워서 좋지가 않군요." 하고 말입니다.

안나 안드레예브나 어떤 분이시죠? 머리칼은 검은가요, 아니면 금발?

도브친스키 갈색인 편이에요. 그리고 눈빛은 짐승처럼 어씨나 날카로운지, 그 눈빛을 받으면 가슴이 두근거릴 정도지요.

안나 안드레예브나 도대체 우리 집 양반은 뭐라 써 보낸 거지? (읽는다.) "급히 몇 자 적어 보내오. 나는 매우 곤경에 처해 있었지만 하느님의 은혜로, 특히 오이 소금절임 두 개, 연어알젓 반 접시에 1루블 25코페이카……." (읽기를 멈춘다.) 도대체 뭐가 뭔지 알 수가 없군! 오이 소금절임이나 연어알젓이 어쨌다는 거야?

도브친스키 아, 그건 안톤 안토노비치가 급히 서둘러 쓰느라고 내버린 종이에다 쓰신 겁니다. 무슨 계산 같은 것이 적혀 있는.

안나 안드레예브나 아, 정말 그렇군요. (읽기를 계속한다.) "하느님의 은혜로, 모든 일이 잘 해결될 것 같소. 즉시 귀빈을 위해서 노란 벽지로 도배된 방을 정리해 놓으시오. 점심은 자선병원의 아르체미 피립포비치한테서 들겠으니 그 염려는 하지 마시오. 또 술을 충분히 준비해 주시오. 장사치 아브돌린에게 일러서 최상품을 가져오도록 하시오. 만일 말을 듣지 않는 날엔 내가 그자의 술 창고를 송두리째 수색할 작정이라고 전해 주시오. 그럼 이만 줄이오. 안톤 스크보즈니크도우프하노프스키로부터." 아아! 야단났구나! 꾸물거리고 있을 때가 아니야. 거기 아무도 없느냐? 미슈카!

도브친스키 (달려가서 문 앞에서 소리친다.) 미슈카? 미슈카! 미슈카!

미슈카 등장

안나 안드레예브나 이거 봐, 급히 장사치 아브돌린한테 가 주게. 잠깐만, 쪽지를 적어줄 테니까. (테이블에 앉아 쓰면서) 이 쪽지를 마부

시돌에게 주고, 이걸 갖고 급히 장사치 아브돌린에게 달려가서 술을 가져오라고 일러 주게. 그리고 이내 돌아와서 이 방을 깨끗이 정돈해야 해. 손님이 오시니까. 저쪽의 침대며 세면기며 잘 청소해 놓아야 해.

도브친스키 그럼, 안나 안드레예브나. 저는 이제 빨리 달려가서 그분께서 어떻게 시찰을 하고 계신지 보고 오겠습니다.

안나 안드레예브나 그래요, 다녀오세요. 붙잡지 않을 테니까요.

제3장

안나 안드레예브나와 마리야 안토노브나

안나 안드레예브나 자, 마셴카, 이제 화장을 해야지. 그분은 도회지에서 온 멋쟁이시란다. 흉잡힐 일이 없어야 할 텐데 야단났다. 너에겐 그 잔주름이 있는 하늘색 원피스가 가장 잘 어울려.

마리야 안토노브나 싫어요 엄마! 하늘색은 아수 싫단 말예요. 랴프킨챠프킨네 부인도 하늘색을 입고 다니고, 재므랴니카의 딸도 하늘색을 입고 있다고요. 난 차라리 꽃무늬 옷을 입는 쪽이 훨씬 나아요.

안나 안드레예브나 꽃무늬 옷이라고? 넌 정말 엄마 말에는 그저 번번이

말대꾸뿐이구나. 네게는 하늘색이 훨씬 잘 어울려. 난 크림색을
입어야겠다. 난 크림색을 참 좋아한단 말이야.

마리야 안토노브나 어머나, 엄마! 엄마한텐 크림색이 어울리지 않아요.

안나 안드레예브나 크림색이 내게 어울리지 않는다고?

마리야 안토노브나 어울리지 않아요. 장담하건대 정말 어울리지 않아
요. 크림색은 눈이 새까만 사람이 입어야 어울려요.

안나 안드레예브나 어이가 없구나! 그럼 내 눈이 새까맣지 않다는 거
니? 아주 새까매. 말도 안 돼. 새까맣지 않긴 왜 새까맣지 않아?
난 트럼프 점을 칠 때도 언제나 클로버의 퀸으로 점친다고!

마리야 안토노브나 어머나, 엄마! 엄마는 하트의 퀸이 훨씬 더 잘 어울
려요.

안나 안드레예브나 원, 어처구니없어라. 내가 하트의 퀸이라니! (마리야
안토노브나와 함께 바쁘게 퇴장, 무대 뒤에서) 또 무슨 소리를 하는
거니? 하트의 퀸이라고? 당치도 않아!

두 사람이 퇴장한 다음 문이 열리고 미슈카가 먼지를 닦는다.
다른 문으로 오시프가 트렁크를 머리에 이고 들어온다.

제4장

미슈카와 오시프

오시프 어디로 가는 거니?

미슈카 이쪽이에요, 아저씨! 이쪽!

오시프 잠깐만, 우선 좀 쉬어야겠어. 아아, 혼났다. 허기진 배에 짐은 역시 벅차단 말이야.

미슈카 아저씨, 장군께서는 곧 오시는 거예요?

오시프 장군이라니, 어느 장군 말이냐?

미슈카 아저씨의 주인 나리 말이에요.

오시프 주인 나리? 주인 나리가 어째서 장군이지?

미슈카 아니, 그럼 장군이 아니라는 거예요?

오시프 장군은 장군인데 조금 색다른 장군이지.

미슈카 그럼 뭔가요, 진짜 장군보다도 높은 건가요? 아님, 높지 않은 건가요?

오시프 그야 너 높시.

미슈카 그래요! 그래서 온 집안이 야단법석을 떨고 있는 거군요.

오시프 이거 봐, 젊은이. 자네는 아주 날쌔게 보이는데……. 먹을 것 좀 갖다 주지 않겠나?

미슈카 이런! 아직 아무 준비도 되어 있지 않아요, 아저씨. 흔해빠진
요리 같은 건 드시지 않잖아요. 이제 곧 아저씨의 주인 나리께서
식탁에 앉으면 아저씨한테도 똑같은 것으로 드릴게요.

오시프 흔해빠진 요리라니, 그게 뭔데?

미슈카 야채즙에다 죽, 그리고 만두 같은 것 말이에요.

오시프 그것들을 좀 주게나. 야채즙에다 죽에 만두 말이야! 상관없어,
아무거나 먹을 테니까. 자, 트렁크부터 나르자꾸나! 뭐야, 그쪽으
로 출구가 있는 거야?

미슈카 있어요.

두 사람, 트렁크를 옆방으로 운반한다.

제5장

순경들이 문을 양쪽에서 일제히 연다. 프레스타코프 등장, 뒤따라 시장,
조금 떨어져서 자선병원장, 장학관, 도브친스키, 콧등에 고약을 붙인 보
브친스키. 시장, 순경들에게 마룻바닥에 흩어져 있는 종잇조각을 가리
킨다. 그들은 당황하며 달려가 서로 부딪치며 그것을 줍는다.

프레스타코프 훌륭한 병원이군요. 여행자에게 시내의 모든 것을 보여 주시는 것, 그것이 마음에 들었습니다. 다른 시에서는 이제까지 아무것도 보여 주지 않았으니까요.

시장 말씀을 여쭙기 뭐합니다만, 다른 시에선 시장이나 관리들이 제 실속, 즉 이익에 더 많이 마음을 쓰고 있죠. 하지만 우리 시에서는 항상 방심하지 않고 올바른 질서와 경계로써 정부에 보답하겠다는 것 외의 다른 생각은 하지 않는다고 말씀드릴 수 있습니다.

프레스타코프 점심은 대단히 훌륭했어요. 아주 과식을 했습니다. 그런데 여기선 매일 이렇게 잘 먹습니까?

시장 아녜요, 아닙니다. 귀한 손님을 위해서 특별히 차린 겁니다.

프레스타코프 저는 먹는 것을 매우 좋아해서요. 산다는 것은 결국, 만족의 꽃을 꺾는 데 있는 것이니까요. 아, 그 생선은 뭐라고 했던가요?

아르체미 피립포비치 (가까이 달려와서) 건대구라고 합니다.

프레스타코프 썩 맛이 좋은 생선이에요. 우리가 어디서 점심을 들었던 가요? 병원입니까?

아르체미 피립포비치 바로 그렇습니다, 자선병원에서였습니다.

프레스타코프 참 그래요, 침대가 있었어요. 한데, 환자들은 다 완쾌됐습니까? 환자들이 그다지 없었던 것 같던데.

아르체미 피립포비치 한 열 명쯤 남아 있습니다. 다른 환자들은 모두 완쾌됐습니다. 언제나 그렇게 되는 것이 통례로 되어 있죠. 이것이

즉 질서라 이거지요. 제가 병원장이 되고 나서부터 쭉, 아마 믿어지지 않으실지 모르지만, 모두 파리('농부는 파리처럼 죽는다.' 라는 속담이 있다.)처럼 건강해져서 병이 낫는단 말입니다. 그것도 약의 효과라기보다는 성실과 질서의 덕분이지요.

시장 말씀드리긴 송구스럽습니다만, 시장의 직무란 건 참으로 이만저만 어려운 것이 아니랍니다! 청결이라든지 수리라든지 개선이라든지에 관해서 여러 가지 일이 산더미처럼 쌓여 있어요……. 한마디로 말씀드리자면, 아무리 현명한 사람일지라도 난처한 지경에 빠져 당황할 정도랍니다. 하지만 다행히도 모든 일이 다 순조롭게 잘 되어가고 있습니다. 다른 지방의 시장이라면 물론 자기 잇속만 차리는 데 급급하겠지만, 저의 경우는 정말이지 밤에 자면서까지도 줄곧 "오오, 하느님. 정부가 저의 성실함을 보고 만족하게 하려면 어떻게 하면 되겠습니까?" 하고 기도하고 있을 정도입니다. 정부에서 제 노고를 보고 보답해 주실지 어떨지는 물론 정부의 생각 여하에 달려 있는 것이겠지만, 그렇게 해야만 비로소 마음이 가라앉는 것입니다. 시중의 모든 일이 잘 다스려지고, 거리는 깨끗하게 청소되고, 죄수의 대우도 좋아지고, 술주정꾼은 적어지고……. 이렇게 된다면, 그 이상 또 무엇을 바라겠습니까? 아니, 정말이지 명예 따위는 털끝만큼도 바라고 있지 않습니다. 그야 물론 마음이 끌리는 때가 있긴 하지만, 선행 앞에선 모든 것이 먼지나 쓰레기 같은 헛된 것이지요.

아르체미 피립포비치 (방백) 쳇! 형편없는 녀석인 주제에 말은 잘도 꾸며 대는군! 하느님도 엉뚱한 재능을 그에게 주셨단 말이야.

프레스타코프 그건 그래요. 저도 사색하기를 좋아해요. 그래서 산문을 쓰기도 하고 시를 쓰기도 하죠.

보브친스키 (도브친스키에게) 정말이지 대단하군, 대단해. 표도르 이바노비치, 저는 저분이 하시는 저 말 한마디만 들어봐도 저분의 학문의 깊이를 알 수 있을 것 같아.

프레스타코프 그런데 말이에요. 여기선 무엇인가 오락 같은 것, 이를테면 트럼프 놀이라도 할 수 있는 클럽 같은 게 없습니까?

시장 (방백) 어이구! 이 친구, 이것 봐, 무얼 노리고 있는지 뻔히 알고 있단 말이야. (보통 목소리로 돌아와서) 아닙니다. 천만의 말씀입니다. 이곳에서는 그런 클럽 같은 것은 구경조차 할 수 없습니다. 트럼프 놀이를 어떻게 하는지조차도 모를 정도지요. 보기만 해도 마음이 편치가 않은 걸요. 어쩌다가 다이아몬드의 킹이니 뭐니 하는 그 비슷한 것이라도 보게 되는 경우에는 정말로, 아니, 정말로 침이라도 뱉고 싶은 역겨운 기분이 듭니다. 언젠가 한번 우연히 이런 일이 있었죠. 아이들을 즐겁게 해 주느라고 트럼프로 오두막집을 만들어 주었는데, 글쎄 그날 밤새껏 그 빌어먹을 놈의 트럼프 꿈으로 괴로움을 겪어야 했지 뭡니까? 정말이지 그런 건 딱 질색이에요! 어떻게 그런 것에 귀중한 시간을 낭비할 수 있겠습니까!

루카 루키치 (방백) 이 망할 자식아! 바로 어제 나에게서 100루블이나 따먹고서는!

시장 저는 차라리 그런 시간은 나라를 위해 유익하게 쓰고 싶습니다.

프레스타코프 하지만 뭐 그렇게 말씀하시지만, 그러나…… 뭐, 무슨 일이나 사람 나름이지요. 가령 판돈을 두 배, 세 배로 늘려야 할 때에 그만둔다든가 하는 것이라면…… 그건 물론…… 아니, 뭐 그렇게 말씀하지 마십시오. 때로는 노름이라는 것도 아주 재미있는 것이랍니다.

제6장

앞 장의 사람들과 함께 안나 안드레예브나, 마리야 안토노브나

시장 제 가족을 소개해 드리겠습니다. 집사람과 딸아이입니다.

프레스타코프 (인사를 하면서) 부인, 이렇게 뵙는 영광을 갖게 되어서 대단히 행복하게 생각합니다.

안나 안드레예브나 저희들이야말로 당신과 같은 훌륭하신 분을 뵙게 되어 더없이 기쁩니다.

프레스타코프 (점잖게) 아니, 천만의 말씀입니다, 부인. 오히려 저야말
로 기쁩니다.

안나 안드레예브나 어머나, 무슨 말씀을 그렇게! 겉치레 인사로 그러시
는 거겠지요. 자, 이리 좀 앉으시지요.

프레스타코프 부인 곁에 서 있는 것만으로도 행복합니다. 그러나 부인
의 뜻이 그러시다면 앉기로 하지요. 부인 곁에 이렇게 앉게 되어
참으로 영광입니다.

안나 안드레예브나 어쩜, 농담도 잘하시네. 하도 송구스러워 도무지 저를
두고 하신 말씀이라고 곧이들을 수가 없군요. 도시에서만 살아오신
분이 여행을 하시자면 여러 가지로 불편한 일도 많으실 거예요.

프레스타코프 정말로 불편하죠. 상류사회 생활에 익숙해 있어서 말입
니다. 아시겠죠? 갑자기 여행에 나서면, 여관은 더럽지 않나, 사
람들은 무지하지 않나……. 정말이지 이런 기회가 없었더라면,
말하자면 저에게 (안나 안드레예브나를 보며 거드름을 피우면서) 이
처럼 모든 불쾌한 것을 잊게 해 주는 기회가 없었더라면…….

안나 안드레예브나 정말이지 매우 불쾌하실 거예요!

프레스타코프 그렇지만 부인, 지금 이 순간은 대단히 유쾌하답니다.

안나 안드레예브나 또 그런 말씀을! 분에 넘치는 영광이에요. 저는 그
런 말씀을 들을 자격이 없어요.

프레스타코프 어째서 들을 자격이 없으시다는 겁니까? 부인께선 그럴

만한…….

안나 안드레예브나 저는 시골에서 살고 있는 걸요…….

프레스타코프 그래요. 그러나 시골이라 해도 아름다운 산이 있고 강도 있지요…… 그야 물론 페테르부르크와는 비교가 되지 않죠. 아아, 페테르부르크! 정말 그런 멋진 생활이 어디 있겠습니까? 당신은 어쩌면 저를 일개 서기쯤으로 생각하고 계실지 모르겠습니다만, 천만에요. 장관과 저는 절친한 사이입니다. 이렇게 어깨를 툭 치고는 "이봐, 자네! 밥 먹으러 오지 않겠나." 한단 말입니다. 저는 그저 2, 3분 동안 관청에 얼굴을 내밀곤, 다만 "그렇게 해 주게. 이렇게 해 주게!" 하고 두어 마디 말해 두는 것만으로도 충분하답니다. 그러면 거기엔 문서를 관리하는 관리가 있어서, 그놈들은 늙은 생쥐 같은 녀석인데, 그자가 펜으로 척척 받아쓰기만 하면 되죠. 언젠가는 저를 8등관으로 임명하려 한 적이 있었습니다만, 이제 와서 새삼스럽게 그래서 뭐하겠느냐고 생각했죠. 수위까지도 구둣솔을 갖고 현관까지 달려나와선 "이반 알렉산드로비치, 구두를 닦아드리지요." 하는데 말입니다. (시장에게) 그런데 여러분, 왜들 서 계십니까? 어서 앉으십시오!

시장, 아르체미 피립포비치, 루카 루카치 일동 동시에

시장 이렇게 서 있는 것이 저희들 신분에 어울립니다.

아르체미 피립포비치 저희들은 이대로가 좋습니다.

루카 루키치 제발 염려하지 마십시오.

프레스타코프 신분 따위를 따지고 어쩌고 할 것 없이 자, 앉으십시오.

시장을 위시하여 일동 앉는다.

프레스타코프 저는 격식을 너무 따지는 것을 좋아하지 않습니다. 그래서 어떻게든 사람들의 눈에 띄지 않으려고 애를 씁니다만, 역시 안 되는군요. 도저히 감출 수가 없는 것입니다. 잠깐 어딘가를 가더라도 "저기 봐, 이반 알렉산드로비치가 지나가신다!" 하는 형편이니까요. 언젠가 한번은 제가 총사령관으로 잘못 알려진 적까지 있었죠. 병사들이 위병소에서 뛰어나오더니 '받들어 총'을 하지 뭡니까. 나중에 저와 아주 잘 알고 지내게 된 장교가 말하더군요. "이봐, 우리들은 완전히 자네를 총사령관으로 잘못 알았단 말이야." 하고 말입니다.

안나 안드레예브나 어머나, 그러세요!

프레스타코프 저는 아름다운 여배우들과도 알고 지내고 있습니다. 게다가 가벼운 희극물도 여러 가지 쓰고 있죠. 문학인들과도 자주 만납니다. 특히 푸슈킨과는 아주 절친한 친구이죠. 제가 가끔 "아아, 푸슈킨, 그래 재미가 어때?" 하고 말하면 "응, 뭐 여전해." 하고 대답하곤 하죠. 대단한 괴짜예요, 녀석은…….

안나 안드레예브나 그럼 당신께서도 글을 쓰시는군요? 글을 쓴다는 것은 얼마나 즐거운 일이겠어요! 물론 잡지에도 실리는 거겠죠?

프레스타코프 네, 잡지에도 싣고 있습니다. 하지만 내 작품은 하도 많아서요! 《피가로의 결혼》이라든가 《악마 로베르토》, 《노르마》 등 일일이 기억하지 못할 정도지요. 이것도 모두 달리 쓰고 싶어서 쓴 게 아니랍니다. 극장의 지배인이 "여보게, 뭐 하나 써 주지 않겠나?"라고 말하면 "그럼 써 주지." 하고서는 그날 당장 하룻밤 사이에 써 주기도 해서 모든 사람들을 깜짝 놀라게 해 준 일까지 있다니까요. 전 착상을 하는 것이 전혀 힘들지 않습니다. 남작 부람베우스(저널리스트이며 비평가인 오시프 센코프스키의 필명)의 이름으로 된 건 모두, 게다가 《희망의 배》도 〈모스크바 텔레그라프〉도…… 모두 제가 쓴 것이지요.

안나 안드레예브나 그럼, 당신이 바로 그 부람베우스였단 말씀인가요?

프레스타코프 그렇습니다. 모두 제가 문장을 고쳐 준 것입니다. 그래서 그 대가로 스미르친(페테르부르크의 유명한 출판사)으로부터 4만 루블이나 받았지요.

안나 안드레예브나 그러시다면 《유리 미로슬라프스키》도 당신의 작품이겠군요?

프레스타코프 그렇습니다. 제 작품입니다.

안나 안드레예브나 저도 대번에 그럴 거라고 짐작했어요.

마리아 안토노브나 아니, 엄마, 그건 자고스킨 작품이라고 하던걸요.

안나 안드레예브나 저, 저것 봐. 너는 여기까지 와서도 엄마한테 맞서 는구나.

프레스타코프 아, 아닙니다. 따님 말이 맞습니다. 그건 분명히 자고스 킨의 작품입니다. 그러나 또 다른 《유리 미로슬라프스키》란 것이 있는데, 그러니까 그것이 제가 쓴 작품입니다.

안나 안드레예브나 제가 읽은 것이 당신의 것이 틀림없어요. 정말 잘 쓰셨던데요!

프레스타코프 사실 저는 문학으로 살아가고 있는 사람입니다. 저의 집 은 페테르부르크에서 제일가는 저택이지요. 이반 알렉산드로비 치의 저택이라고 하면 모르는 사람이 없을 정도지요. (일동을 향해) 제발 여러분, 페테르부르크에 오시는 일이 있으시면, 꼭 들러 주 십시오. 무도회도 자주 열고 있으니까요.

안나 안드레예브나 어머나, 얼마나 멋지고 화려한 무도회일까요!

프레스타고프 그야 밀힐 것도 없지요. 이를테면 식탁 위엔 수박이, 700 루블이나 하는 수박이 놓여 있죠. 수프는 냄비에 담긴 채로 파리 에서 곧장 배로 날아오고요. 뚜껑을 열면 뽀얗게 솟아오르는 김 은, 이 또한 세상에서 둘도 없는 그런 것이죠. 전 날마다 무도회에 나갑니다. 그러면 거기선 트럼프 놀이판이 벌어지지요. 외무대신, 프랑스 대사, 영국 대사, 독일 대사, 그리고 저, 대개 이러한 사람들이지요. 그리고 이건, 정말 지쳐 나가떨어질 때까지 계속한답니다. 그래서 계단을 뛰어 올라가서 4층의 제 방으로 가 하녀에게 "이봐, 마부르슈카, 외투." 하기만 하면…… 아니, 잘못 말했군요. 제가 2층의 가장 좋은 방에 살고 있다는 것을 잊어버렸군요. 우리 집은 계단 하나만 해도, 그건 굉장한 돈을 들였지요. 그래서 제가 아직 잠에서 깨어나지 않았을 무렵 우리 집 대기실을 들여다보면 참 재미있답니다. 백작이니 공작이니 하는 이가 잔뜩 몰려들어서는 마치 벌떼처럼 윙윙거리고 있단 말입니다. 윙윙 소리만 들릴 뿐이에요. 때로는 대신이 오고요……. (시장을 위시하여 일동, 겁을 먹고 의자에서 일어난다.) 저에게 보내는 편지의 겉봉에조차 '각하' 라고 쓰고 있으니까요. 한번은 장관이 된 일도 있답니다. 그런데 그것이 또 묘한 이야기로, 어느 날 장관이 사라져버려서 어딜 갔는지 모르는 거예요. 그렇게 되자 자연히 누가 그 후임으로 들어앉게 될지 소문이 돌게 되죠. 장관급 가운데서도 제법 희망자가 있었지만 잘 되지가 않았어요. 적임자가 마땅치 않은 거예요. 얼른 보기엔 쉬울 것 같지만 자세히 보면 여간 어렵지가 않아요. 마침내 어떻게 할 수가 없으니까 저한테로 왔죠. 그때는 거리란 거리는 모두 각계각층에서 온 사람들로 온통 아수라장이었죠.

자그마치 3만 5천 명이나 됐지 뭡니까! 도대체 어찌된 영문이냐 하고 물었더니 "이반 알렉산드로비치, 제발 관청 일을 맡아 주십시오!" 하는 것입니다. 실은 저도 이 말에 어느 정도 주눅이 들어 잠옷 바람으로 나갔죠. 거절하고 싶었지만 어차피 폐하의 귀에 들어갈 것이고, 이것도 직무라 생각해서 "좋습니다. 여러분, 제가 이 직무를 맡겠습니다. 분명히 맡겠습니다……. 하지만 다만 말이오, 부정은 절대로 용서치 않겠소. 이 사람은 소식통이 빠르단 말이오! 이 사람은……." 하고 말했지요. 아니 정말이지, 제가 관청 안을 지나가면 마치 지진이 난 것처럼 사람들 모두 사시나무 떨듯 덜덜 떨었으니까요. (시장을 비롯하여 그 밖의 사람들 벌벌 떤다. 프레스타코프는 더욱더 열을 올린다.) 전 장난질하는 것을 좋아하지 않습니다. 딱 질색입니다! 전 모든 사람들에게 정말 엄격하게 굴었지요. 추밀원에서조차 저를 두려워했으니까요. 그야 그렇죠. 왜 그런가 하면 저는 이런 인간으로, 누구든 용서를 하지 않기 때문이죠. 전 누구에게나 이렇게 말해 주죠. "나란 사람은 나 자신을 잘 알고 있어. 나는 어디든지 갈 수 있어. 아무 곳에나. 궁중에는 매일 늘어가. 나는 내일이라도 당장 원수로 승진할……. (미끄러져서 마룻바닥에 넘어질 뻔하지만, 간신히 관리들에게 공손히 부축을 받는다.)

시장 (다가가서 온몸을 부들부들 떨면서 무슨 말인가를 하려고 애쓴다.)

각, 각, 각…….

프레스타코프 (내뱉듯이 빠른 말로) 어떻다는 거요?

시장 (여전히 떨면서) 각, 각, 각…….

프레스타코프 (여전히 내뱉는 듯한 목소리로) 정말 무슨 말인지 도무지 모르겠군.

시장 각, 각, 각하…… 각하! 좀, 쉬시면 어떨까요? 쓰실 방은 이쪽인데 필요한 건 모두 갖춰져 있습니다.

프레스타코프 쉰다고? 쓸데없는 소리. 아니, 쉬어도 좋소. 여러분, 오늘 식사는 참으로 훌륭했어요. 대만족입니다. (낭독하듯이) 건대구! 소금에 절인 대구! (옆방으로 퇴장. 그 뒤를 시장이 따른다.)

제7장

프레스타코프와 시장을 제외한 앞 장의 사람들

보브친스키 (도브친스키에게) 표도르 이바노비치, 이거야말로 진짜 인물이야! 여태껏 저런 큰 인물과 자리를 같이해 본 적이 없어! 난 너무나 무서워 숨이 멈출 것 같았어. 자넨 어떻게 생각하나, 표도르 이바노비치? 저분의 신분이 어느 정도 되리라고 생각하나?

도브친스키 글쎄, 대장쯤 되지 않겠나?

보브친스키 뭐, 나는 대장 따윈 저분의 발끝에도 못 미칠 것으로 봐. 대장이더라도 틀림없이 대원수일 거야. 들었나? 그 추밀원까지도 꼼짝 못하게 했다는 얘기를? 자, 가세. 얼른 암모스 표도로비치와 코로브킨에게 얘기해 주어야지. 안녕히 계십쇼, 안나 안드레예브나.

두 사람 퇴장

아르체미 피립포비치 (루카 루키치에게) 참 무서운 일이야. 무엇이 튀어나올지도 모르는 일이니 말이야. 우리들은 제복조차 착용하고 있지 않았으니…… 저 사람, 한참 자고 나서 페테르부르크에 보고서를 쓸 게 아닌가? (완전히 침울해서 장학관과 함께 퇴장) 안녕히 계십쇼, 사모님!

제8장

안나 안드레예브나와 마리야 안토노브나

안나 안드레예브나 멋있는 분이야!

마리야 안토노브나 정말로 근사한 분이에요.

안나 안드레예브나 사람들을 대하는 품이 얼마나 세련되었는가 말이야! 도시 분이라는 걸 이내 알 수가 있어. 태도며 말씨가 모두…… 어쩌면 그렇게 훌륭하담? 난 저런 젊은 사람이 참 좋거든! 홀딱 반했어. 하지만 나도 그분의 마음에 들었단 말이야. 그래. 줄곧 내 얼굴만 바라보고 계셨어.

마리야 안토노브나 어머나, 엄마! 그분께선 내 얼굴만 바라보고 계셨단 말이에요.

안나 안드레예브나 제발 그런 쓸데없는 소리를 하려거든 저리 가! 여기서 할 말이 아니야, 그런 건.

마리야 안토노브나 하지만 정말이에요, 엄마. 정말이라니까요!

안나 안드레예브나 저것 보라니까! 글쎄, 말대꾸는 좀 그만두지 못하겠니? 못써요. 그러나저러나 이제 그만 좀 해둬! 그분께서 언제 널 쳐다보셨느냔 말이야! 뭣 하러 널 쳐다보시겠느냐 말이야?

마리야 안토노브나 정말이에요, 엄마. 줄곧 보고 계셨는걸요. 문학 얘기를 꺼낼 때도 저를 보셨다고요. 그리고 대사들과 트럼프 놀이를 하셨다는 얘기를 하실 때도 저를 보고 계셨단 말이에요.

안나 안드레예브나 그야 어쩌다가 한번쯤 그랬을는지는 모르지만, 그렇지만 그것도 그저 '이번엔 저 여자 쪽도 좀 봐 줄까?' 하는 생각에서였을 뿐이야.

제9장

앞 장의 사람들과 시장

시장 (발돋움을 하면서 등장) 쉿…… 쉬…….

안나 안드레예브나 왜 그러세요?

시장 녹초가 되게 술을 마시게는 했지만, 그래도 마음이 놓이지 않는 단 말이야. 만일 저자가 말한 게 전부 사실이 아니라 하더라도, 그 반만이라도 그렇다고 한다면, 어떻게 한다? (생각에 잠긴다.) 하지 만 어떻게 정말이 아니랄 수 있겠는가? 사람이란 취하면 무엇이 나 겉으로 드러내게 마련인데…… 마음속에 있는 것은 금방 입 밖으로 나오는 법이야. 물론 얼마만큼의 것은 있겠지. 그렇지만 어떠한 얘기에도 다소의 거짓말은 따르게 마련이니까 말이야. 대 신과 트럼프 놀이를 한다, 궁중에 드나든다…… 아니, 정말 생각 하면 생각할수록 저자의 정체를 알 수 없단 말이야. 머릿속이 뒤 죽박죽이 되어, 마치 종루 위에 서 있거나, 누군가에게 목이 졸리 고 있는 것 같은 기분이야.

안나 안드레예브나 저는 조금도 기가 죽거나 하는 느낌이 들지 않았어요. 그저 저분은 성장환경이 좋은, 교양 있는 상류사회의 고상한 분이라고 생각했을 뿐이에요. 그분의 신분 같은 건 제게는 아무래도 상관없는 일이에요.

시장 그건 당신이 여자이기 때문에 그렇지. 여자…… 모든 게 그 한마디면 끝나! 여자에겐 모든 게 대수롭지 않아 보이지! 그러니까 나불나불 떠벌려 자칫 말실수를 한단 말이야. 당신네들은 몇 대 맞는 걸로 끝날지 모르겠지만, 남편들은 그야말로 목이 달아난다고. 당신은 그분을 도브친스키 같은 사람 대하듯 그렇게 스스럼없이 대하더군.

안나 안드레예브나 그런 건 걱정하실 것 없어요. 우리들은 우리들대로 어떻게 해야 하는지 잘 알고 있으니까요. (딸을 바라본다.)

시장 (독백) 흥! 그분이 너희들과 얘기를 하다니……. 정말 이 무슨 일인지. 아직까지도 무서워서 제정신을 차릴 수가 없군. (문을 확 열어 젖히고 부른다.) 미슈카! 스비스토노프 순경과 제르지몰더 순경을 불러와. 여기 어디 대문 밖에 있을 거야. (잠시 침묵한 다음에) 아무래도 세상이 이상해졌어. 하다못해 풍채라도 당당하다면 또 몰라, 저런 깡마른 말라깽이 녀석이라니…… 어떻게 그 정체를 알아낼 수 있단 말인가! 군인이라면 또 어떻게 짐작이라도 하겠지만 프록코트를 입고 있으니 이거야 원, 마치 날개가 잘린 파리와 다

름없잖아. 하지만 아까 여관에선 오랫동안 고집을 부리고, 한평생
풀려 해도 풀릴 것 같지 않은 잠꼬대나 허튼 소리를 하곤 했지만,
끝내 항복을 하고 말았지. 게다가 또 필요 이상의 말까지 나불나
불 지껄여댔단 말이야. 역시 젊은 사람이라 어쩔 수 없어.

제10장

모두가 오시프에게 달려간다.

안나 안드레예브나 이봐요!

시장 쉿! 어떻게 됐어? 응? 이제 주무시나?

오시프 아닙니다. 아직 안 주무세요. 기지개를 켜고 계십니다.

안나 안드레예브나 이거 봐요, 당신 이름이 뭐지요?

오시프 오시프라고 합니다.

시장 (아내와 딸에게) 그만 이제 됐어, 이제 됐단 말이야, 이것들아! (오
　　시프에게) 그래 어때, 식사는 살 했나?

오시프 네, 고맙습니다. 아주 잘 먹었습니다.

안나 안드레예브나 그런데 당신 주인 댁에 백작님이며 공작님이 아주
　　많이들 오시나 봐?

오시프 (방백) 뭐라고 말해야 한다……. 지금 이렇게 대접이 좋았으니까 대답만 잘하면 더 좋아지겠지. (보통 목소리로 돌아와서) 네, 백작님도 오시곤 합니다.

마리야 안토노브나 이것 봐, 오시프. 당신 주인께서는 어쩌면 그렇게 잘 생기셨지!

안나 안드레예브나 그런데 말이에요, 오시프, 그분은 무슨 이유로…….

시장 제발 좀 그만해 두라니까! 너희들은 그런 쓸데없는 말로 방해만 하니. 한데 자네, 어떤가……?

안나 안드레예브나 그리고 당신 주인은 어떤 신분의 어른이시지?

오시프 어떻다니요? 뭐 보통이지요.

시장 아, 이거야 원, 어쩔 수 없군. 항상 이런 어리석은 질문뿐이니! 가장 중요한 말은 한마디도 하지 못하게 하니. 그래 어떤가, 자네 주인은 까다로우신 편인가, 꾸지람을 잘하시는 편인가? 어때?

오시프 네, 분명한 것을 좋아하셔서…… 무엇이나 분명하지 않으면 안 됩니다요.

시장 음, 난 네 얼굴이 썩 마음에 들었어! 넌 틀림없이 착한 사람일 게야. 한데 어떤가?

안나 안드레예브나 이것 봐요, 오시프. 당신 주인은 거기서는 제복을 입고 다니시나요?

시장 이제 그만, 정말 어쩌면 저렇게 수다를 늘어놓을까! 이건 아주 중

요한 일이란 말이야. 사람이 죽고 사는 문제야. (오시프에게) 그래
서 말이야, 난 자네가 아주 마음에 들어. 여행 중에 차 한 잔쯤 더
마시는 것은 괜찮을 거야. 요즘은 조금 쌀쌀하니까. 자, 여기 찻값
으로 2루블을 주지.

오시프 (돈을 받으면서) 정말 고맙습니다, 나리. 하느님의 은총이 있으
시기를! 가난한 인간을 이렇게 도와주시다니.

시장 좋아 좋아, 나도 기쁘네. 한데…….

안나 안드레예브나 이것 봐, 오시프. 당신 주인은 어떤 빛깔의 눈을 가
장 좋아하시지?

마리야 안토노브나 이것 봐, 오시프. 당신 주인의 코는 어쩜 그렇게 멋
있지!

시장 자, 잠깐, 내가 얘기하게 좀 해다오! (오시프에게) 그래 어떤가? 얘
기해 주지 않겠나? 네 주인께서는 어떤 물건에 제일 관심이 있으
신가? 말하자면, 여행 중에 무엇을 가장 좋아하셨지?

오시프 뭐 그때그때마다 다르지만, 좋은 대우를 받는 일, 맛있는 음식
을 대접받는 일이겠죠.

시장 맛있는 음식?

오시프 네, 맛있는 음식이지요. 저 같은 건 보시다시피 미천한 시골뜨
기입니다만, 그래도 저의 나리께선 저를 위해서도 좋은 일이 있도
록 보살펴 주고 계시죠. 아니 정말이라고요! 어디에 가거나 하면

으레 "어때, 오시프, 대접은 잘 받았나?" 하고 물으시죠. 그래서 "아뇨, 엉망이었어요!" 하고 대답을 하면, "음, 그랬어, 오시프. 그 거 나쁜 주인이로군. 집에 돌아가거든 다시 한번 내게 말해 줘." 하고 말씀하신답니다. 하지만 저는 마음속으로 (손을 흔든다.) '뭐, 나야 괜찮아. 어차피 나 같은 건 천한 인간이니까.' 하고 생각하 고 말죠.

시장 옳지 옳지, 좋은 얘기를 들려주었어. 아까는 찻값을 주었으니, 자, 거기다 또 여기 과자값도 주지.

오시프 뭣 때문에 이렇게 주시는 거죠, 나리? (돈을 받아 넣는다.) 그럼 나리의 건강을 축복하면서 한 잔 하기로 합시다.

안나 안드레예브나 이리 와요, 오시프. 나도 줄 테니까.

마리야 안토노브나 오시프! 당신 주인께 키스해 다오.

옆방에서 프레스타코프의 잔기침 소리가 들린다.

시장 쉿! (발돋움을 하고 일어선다. 그 뒤로는 일동 작은 목소리로 연기한 다.) 알겠나, 조용히 하지 않으면 가만두지 않겠어! 자, 이제 자기 방으로 가는 게 좋겠어! 공연히 쓸데없이…….

안나 안드레예브나 자, 가자, 마리야! 너에게 할 말이 있다. 저분에 대 해서 우리 둘이서만 얘기할 수 있는 일이야.

시장 아, 거기에 가서도 어지간히 수다를 떨겠군! 같이 가서 듣고 있으
면 아마 귀가 먹을 거야. (오시프에게로 얼굴을 돌리면서) 그런데
너…….

제11장

앞 장의 사람들과 제르지몰더, 스비스토노프

시장 쉿! 이 다리가 부러진 곰새끼 녀석들 같으니라고! 웬 구두 소리를
그리 요란스럽게 내고 있는 거야! 40푸드(652 킬로그램)정도 되는
짐을 마차에서 집어던지기라도 하는 듯 발을 쾅쾅 구르고 있잖아!
도대체 이때까지 어디 가서 자빠져 있었던 거야?

제르지몰더 명령하신 대로…….

시장 쉿! (그의 입을 틀어막는다.) 그게 뭐야, 마치 까마귀처럼 깍깍거리
며…… (흉내를 낸다.) 명령하신 대로! 꼭 나무통 속에 들어가서 짖
고 있는 것 같군. (오시프에게) 자, 자넨 저쪽으로 가서 주인님의
시중을 들게나. 이 집에 있는 건 무엇이든지 사용해도 되네. (오시
프 퇴장) 그리고 너희들은 현관에 서서 한 발짝도 움직이지 말고!
다른 사람들은 한 사람도 집 안에 들여보내면 안 돼. 특히 그 장사

치 놈들은! 만약 그 녀석들 가운데 한 놈이라도 들여보내는 날
엔…… 알아서들 하라고! 그리고 탄원서를 갖고 있는 놈이나 탄
원서를 갖고 있지 않더라도 나를 고소할 듯한 놈이 보이거든 잽싸
게 덜미를 잡아 걷어차 버려! 이렇게 보기 좋게! (발로 시늉을 해 보
인다.) 알았지? 쉿…… 쉿……. (발돋움으로 순경들을 뒤따라 퇴장.)

막이 내린다.

제4막

전과 똑같은 시장실의 방

제1장

암모스 표도로비치, 아르체미 피립포비치, 우체국장, 루카 루키치, 도
브친스키, 부브친스키, 정장을 하고 조신스럽게 살금살금 등장. 무대는
작은 목소리로 연출된다.

암모스 표도로비치 (일동을 반원형으로 세운다.) 여보게들, 얼른 빙 둘러

서게. 좀 더 질서정연하게! 궁중에도 드나들고, 추밀원도 호통을 친다고 하는 대단한 어른이시니까! 군대식으로 정렬해 주게, 군대 식으로 말이야! 여보게, 표도르 이바노비치 보브친스키, 자네는 이쪽, 표도르 이바노비치 도브친스키, 자넨 거기 서 있게.

두 표도르 이바노비치, 발돋움을 하고 뛰어서 지정된 곳으로 간다.

아르체미 피립포비치 잘해 보게, 암모스 표도로비치 판사! 우리도 이것저것 손을 써야 하는데…….

암모스 표도로비치 뭣을?

아르체미 피립포비치 뭐긴. 뻔하잖아.

암모스 표도로비치 뇌물 말인가?

아르체미 피립포비치 그래, 뇌물이라도 줘야 하지 않겠나?

암모스 표도로비치 무슨 소리야, 그건 위험해! "나는 국가적인 인물이야." 하고 호통을 칠지도 모른단 말이야. 차라리 귀족단체에서 무슨 기념품 증정이란 편법을 쓰면 어떨까?

우체국장 아니면 말이야. "우편으로 돈을 부쳐왔는데 누구 것인지 몰라서……." 하고 나가는 방법은 어떨까?

아르체미 피립포비치 조심하라고. 자네를 우편으로 어디 멀리 보내 버리는지도 모르니까, 알겠지? 그런 일은 문명국에선 그런 식으론

하지 않아. 그리고 우리가 이렇게 바글대고 있을 필요도 없어. 그
냥 한 사람씩 인사하러 들어가는 거야. 단둘이 있는 자리에
서…… 적당히 하는 거야. 쥐도 새도 모르게 말이야. 이것이 문
명국에서 하는 방법이란 거야. 자, 암모스 표도로비치, 자네가 먼
저 시작하게나.

암모스 표도로비치 그거라면 자네 쪽부터 하는 게 낫지. 자네는 병원에
서 그분에게 식사를 대접해 봤잖나.

아르체미 피립포비치 그러면 루카 루키치가 좋겠어. 청년 지도자로서
말이야.

루카 루키치 안 돼요, 안 돼. 여러분, 저는 사실을 말하자면, 저보다 한
관등이라도 높은 사람과 얘기를 할라치면 그만 혼이 빠지고, 혀끝
은 마치 진흙탕에라도 빠져 버린 것처럼 움직여지지 않는 버릇이
있답니다. 여러분, 사양합니다. 정말 용서해 주세요.

아르체미 피립포비치 그렇다면 암모스 표도로비치, 자네밖에 할 사람
이 없군. 자넨 입만 열었다 하면 키케로(고대 로마의 웅변가)처럼
훌륭히 해낼 수 있지 않은가.

암모스 표도로비치 뭐라고? 무슨 소릴 하는 거야, 키케로라니! 말 꾸며
내지 말게! 그냥 어쩌다가 한번쯤 사냥개나 똥개 얘기를 하느라고
열을 올린 거지…….

일동 (그에게 강요한다.) 아냐, 아냐, 자네는 개 얘기뿐만 아니라, 바벨

탑 얘기를 할 때도 대단한 솜씨였어……. 자아, 암모스 표도로비치, 제발 우리를 버리지 말아 주게나. 우리들의 아버지가 되어 주게나…… 응, 암모스 표도로비치!

암모스 표도로비치 여보게들, 왜들 이러나! 좀 놔 주게!

이때 프레스타코프의 방에서 발소리와 기침 소리가 들린다. 일동 앞을 다투어 문 쪽으로 서둘러 가, 서로 밀치면서 먼저 나가려 한다. 나직한 외침 소리가 들린다.

보브친스키의 목소리 이봐! 표도르 이바노비치, 표도르 이바노비치! 발을 밟으면 어떡하나!

재므랴니카의 목소리 여보게들, 좀 놓게, 숨이 막히잖아. 그렇게들 떠밀면 어떻게 해!

'앗, 엣!' 하는 외침 소리가 몇 차례 들린다. 마침내 일동 서로 밀치면서 퇴장. 그리하여 방은 텅 비게 된다.

제2장

프레스타코프, 혼자서 잠이 덜 깬 눈으로 등장

프레스타코프 한잠 늘어지게 잘 잔 것 같군. 어디서 저렇게 폭신한 이불이며 새털 베개를 가져왔을까? 땀까지 흘렸잖아. 어제 점심때 녀석들이 내게 뭔가를 마시게 한 것 같아. 지금까지 머리가 아픈 것이……. 여기라면 유쾌하게 지낼 만하겠군. 난 남들로부터 좋은 대접을 받는 것을 좋아하거든. 하지만 정직하게 말해서 이해관계를 따져서가 아니고 진심으로 대접해 주는 것이라면 더욱 좋지. 그런데 그 시장의 딸도 그렇게 밉상은 아니지만 그 마누라도 아직, 아직은……. 아냐, 모르겠어. 어쨌든 이런 생활이 마음에 쏙 든단 말이야.

제3장

프레스타코프와 암모스 표도로비치

암모스 표도로비치 (들어오다가 걸음을 멈추고, 혼잣말로) 하느님, 하느님!

제발 잘되도록 보살펴 주옵소서. 무릎이 덜덜 떨리지 않나! (보통 목소리로 돌아와서, 허리를 쭉 펴고 한 손으로 허리의 칼을 누르면서) 뵙게 되어 영광입니다. 이 마을의 군 재판소 판사인 8등관 랴프킨 챠프킨입니다.

프레스타코프 자, 앉으시죠. 당신이 이곳 판사신가요?

암모스 표도로비치 1816년부터 3년 기한으로 귀족단에 의해 선출되어 오늘날까지 직무를 계속하고 있습니다.

프레스타코프 그런데 판사가 되면 어떤 부수입이 있소?

암모스 표도로비치 이 9년 동안의 근속에 대해 정부로부터 상으로 블라디미르 4등 훈장을 받았습니다. (방백) 손에 돈을 쥐고 있는데, 손바닥이 마치 불덩이 같군.

프레스타코프 저도 블라디미르를 좋아하지요. 안나 3등 훈장이라면 뭐 그렇지도 않지만.

암모스 표도로비치 (쥐고 있는 주먹을 조금씩 앞으로 내밀면서, 방백) 어쩐다! 어떻게 해야 좋을지 종잡을 수 없군. 마치 발밑에서 불을 때고 있는 것 같구먼.

프레스타코프 당신 손에 쥐고 있는 게 뭡니까?

암모스 표도로비치 (당황하여 마룻바닥에 지폐를 떨어뜨린다.) 아니, 아무것도 아닙니다.

프레스타코프 뭐가 아무것도 아니오? 아니, 돈이 떨어지지 않았소?

암모스 표도로비치 (온몸을 와들와들 떨면서) 아니, 결코 그럴 리는 없습니다. (방백) 야단났군! 이번엔 내가 법정에 서겠어! 이제 나를 체포하러 마차가 오겠지!

프레스타코프 (주워든다.) 그래요, 역시 돈이군요.

암모스 표도로비치 (방백) 만사가 끝장이로구나, 망했다! 망했어!

프레스타코프 어때요, 이걸 제게 꾸어주지 않으시겠소?

암모스 표도로비치 (당황해서) 그야, 뭐 그렇게…… 기꺼이…… (방백) 자, 좀 더 대담하게 더 뱃심 있게 굴어! 도와주소서, 성모 마리아여!

프레스타코프 실은 말이오, 제가 여행 도중에 돈을 다 써 버렸어요. 그래서…… 음, 시골에 가는 대로 당장 부쳐드리겠습니다.

암모스 표도로비치 원 별말씀을, 갚으시겠다니! 그러시지 않으셔도 분에 넘치는 영광으로…… 물론, 미력하나마 분투노력하여 정부를 위해서…… 도움이 되고자 생각하고 있습니다. (의자에서 일어나 손을 양다리에 딱 붙이고 부동자세로) 그럼 이만 물러가겠습니다. 뭐, 명령하실 건 없으십니까?

프레스타코프 무슨 명령?

암모스 표도로비치 서, 이곳의 군 재판소에 무엇인가 명령하실 것은 없으신지, 그런 뜻입니다.

프레스타코프 뭣 때문에 명령을? 제가 지금 그럴 필요가 하나도 없잖아요, 아무것도. 정말 고맙소.

암모스 표도로비치 (경례하고 퇴장하면서, 방백) 아, 이제 살았구나!

프레스타코프 (그가 퇴장하고 나서) 판사라고? 거, 좋은 사람이로군!

제4장

제복을 입은 프레스타코프와 우체국장이 옆으로 찬 칼을 꼭 붙잡으면서, 몸을 똑바로 세우고 등장

우체국장 뵐 수 있는 영광을 주셔서 감사합니다. 우체국장, 7등관 슈페킨입니다.

프레스타코프 아, 어서 오시오. 전 기분 좋은 사람들과 사귀는 걸 매우 좋아하지요. 앉으시오. 이 고장에 사신 지 오래 되었나요?

우체국장 그렇습니다.

프레스타코프 저는 이 도시가 마음에 듭니다. 물론 인구는 그렇게 많지 않지만, 뭐 그러면 어때요? 여긴 수도가 아니잖아요. 그렇지 않습니까?

우체국장 그렇습니다.

프레스타코프 물론 수도는 세련되고 우아하지요. 하지만 지방 도시같은 소박함은 도통 찾아볼 수가 없단 말입니다. 당신은 어떻게 생

각하시오?

우체국장 저도 그렇게 생각합니다. (방백) 그런데 이 사람은 조금도 거
드름을 피우지 않는걸……. 아무것이나 스스럼없이 물어보는 걸
보면.

프레스타코프 당신은 조그만 도시에서도 행복하게 살 수 있다는 걸 인
정하시지요?

우체국장 그렇습니다.

프레스타코프 과연 사람한테 무엇이 가장 필요할까요? 제 생각엔 사람
에게 가장 필요한 건, 그건 남에게 존경받고 마음으로부터 사랑을
받는 것이라 생각합니다. 그렇지 않습니까?

우체국장 참으로 지당하신 말씀입니다.

프레스타코프 오, 당신도 저와 같은 의견이군요. 물론 저를 별난 사람
으로 생각하는 사람도 있습니다만, 이게 제 원래 천성이어서 말예
요. (상대방의 눈을 바라보면서 혼잣말을 한다.) 어디 이 우체국장에
게 말해 볼까! (보통 목소리로 돌아와) 사실 일이 아주 묘하게 돼서
여행 도중에 그만 돈을 다 써 버렸지 뭡니까. 그래서 300루블쯤
빌리려 하는데 빌려 주실 수 있겠소?

우체국장 그야 그렇게 하지요. 오히려 영광스러운 일입니다! 자, 여기
있습니다. 도움을 드릴 수 있게 되어 영광입니다.

프레스타코프 대단히 고맙소. 정말이지 난 거절당하는 게 가장 싫다오.

특히 여행 중에 말이에요. 그럴 필요가 없잖아요. 그렇지 않소?

우체국장 네, 그렇다 뿐입니까. (일어서서 부동자세로 칼을 잡고) 너무 폐를 끼쳐서 송구스럽습니다. 우편업무에 관해서 뭔가 주의를 주실 말씀은 없으십니까?

프레스타코프 아니오, 아무것도 없소.

우체국장, 경례하고 퇴장

프레스타코프 (시가를 태우면서) 우체국장이랬지, 녀석도 좋은 사람인 것 같아. 적어도 친절한 사람이라는 것만은 분명해. 난 저런 인간이 좋더라.

제5장

프레스타코프와 루카 루키치, 문에서 거의 떠밀리다시피 하여 들어선다. 그의 뒤에서 "뭘 겁내는 거야?" 하는 목소리가 들린다.

루카 루키치 (약간 떨면서 칼을 잡고 똑바로 서서) 뵙게 된 걸 영광으로 생각합니다. 장학관, 9등관 프로포프입니다.

프레스타코프 아, 어서 오시오. 여기 앉아서 시가를 태우지 않으시겠
소? (시가를 그에게 내민다.)

루카 루키치 (쩔쩔매면서, 혼잣말로) 이거 야단났는데! 이런 건 미처 생
각지도 못해 봤는데. 받아야 하나, 받지 말아야 하나……?

프레스타코프 받으시오, 받아. 이건 상당히 좋은 시가예요. 물론 페테
르부르크 것보다는 못하지만 말이오. 난 거기선 백 개비에 25루
블짜리 시가를 피우고 있었소. 피우고 나면 손에 키스라도 하고
싶을 정도의 좋은 담배였죠. 자, 불을 붙여요, 자아. (그에게 촛불을
내민다.)

루카 루키치 (불을 붙이려 하지만 온몸이 떨린다.)

프레스타코프 아, 그쪽은 무는 데가 아니에요!

루카 루키치 (깜짝 놀라 시가를 떨어뜨리고 침을 뱉는다. 그리고 이젠 틀렸
다는 듯이 손을 흔들며 자신에게) 에잇, 젠장맞을! 이제 다 틀렸어!
제기랄 놈의 겁 때문에 일생을 망치고 말았어!

프레스타코프 아아, 당신은 시가를 즐겨 하시지 않나 보군요. 한데 전
이게 흠이에요. 그리고 또 하나 여성에 대해선데, 도무지 이것에
는 부관심할 수가 없단 말이오. 당신은 어떻습니까? 어떤 여자가
더 좋아요? 검은 머린가요, 아니면 금발 쪽인가요?

루카 루키치 (무엇이라고 대답해야 좋을지 몰라 쩔쩔매고 있다.)

프레스타코프 아니, 뭐, 솔직하게 말해 보시오. 검은 머리요, 금발이오?

루카 루키치 잘 모르겠습니다.

프레스타코프 아니, 그렇게 시치미를 떼지 말고! 저는 당신의 취미를 꼭 좀 알고 싶어서니까.

루카 루키치 그럼, 송구스럽지만 말씀드리…… (방백) 참, 이거 뭐라고 말해야 할지 정말 답답한데!

프레스타코프 아아! 말하고 싶지 않다 이거로군요. 아마도 검은 머리의 어떤 여자 때문에 괴로움을 겪은 일이라도 있었나 보군요? 사실대로 고백해요, 그렇죠?

루카 루키치 (침묵)

프레스타코프 그것 봐요, 그것 봐! 얼굴이 빨개졌지 않소! 그것 봐요! 왜 말하지 않는 거요?

루카 루키치 그만 떨려서 각, 각, 각하! (방백) 빌어먹을 놈의 혓바닥이 나를 배신한 거야, 배신한 거야!

프레스타코프 떨린다고? 그래요, 제 눈에는 사람을 떨게 하는 뭐가 있어요. 적어도 여자들은 모두 못 견디죠. 그렇지 않아요?

루카 루키치 네, 그렇습니다.

프레스타코프 그런데 말이오. 실은 제가 묘하게 곤경에 빠져 버려서 말이오. 사실 도중에 돈을 다 써 버리고 말았소. 그래서 그런데 300루블쯤 꾸어 주실 수 없겠소?

루카 루키치 (호주머니에 손을 넣으면서 자신에게) 만일 없으면 큰일이야,

큰일! 아, 있다, 있어! (지폐를 꺼내어 부들부들 떨면서 건넨다.)

프레스타코프 대단히 고맙소.

루카 루키치 (부동자세로 칼을 잡고) 너무 폐를 끼쳐서 송구스럽습니다.

프레스타코프 안녕히 가시오.

루카 루키치 (달음박질하다시피 하여 나가면서, 방백) 아, 이젠 살았다! 설마 교실을 들여다보거나 하는 일은 없겠지?

제6장

프레스타코프와 부동 자세로 칼을 누르고 서 있는 아르체미 피립포비치

아르체미 피립포비치 뵙게 되어 영광입니다. 자선병원장, 7등관 재므랴니카입니다.

프레스타코프 안녕하시오. 자, 좀 앉으실까요?

아르체미 피립포비치 어제는 제가 감독하고 있는 병원에 왕림해 주셔서, 모실 수 있는 영광을 베푸셔서…….

프레스타코프 아, 그랬었지요. 기억하고 있습니다. 정말 대접 잘 받았습니다.

아르체미 피립포비치 나라를 위해서 기꺼이 봉사하고자 합니다.

프레스타코프 저는, 실은 이것이 결점인데…… 맛있는 음식을 너무 좋아해요. 그런데 어제는 당신이 좀 키가 작다고 생각했었는데…….

아르체미 피립포비치 그럴지도 모르지요. (잠시 침묵) 이렇게 말씀드리면 뭐합니다만, 저는 오로지 전심전력으로 직무에 힘쓰고 있습니다. (의자를 끌고 다가가서 낮은 목소리로) 그런데 이곳 우체국장은 도대체 아무 일도 하지 않습니다. 일은 아무렇게나 하고, 우편물은 쌓인 채로 그냥 둡니다. 언제 한번 조사해 보시지요. 그리고 조금 전, 저보다 먼저 찾아뵌 판사도 토끼 사냥에만 열중하고 있지요. 관청 안에서까지 사냥개를 기르고 있는 형편입니다. 그리고 그의 행동은…… 그 사나이는 저의 친척이며 친구이기도 합니다만, 국가를 위해서는 말씀드리지 않으면 안 된다고 생각되어서……. 그 행동은 정말 비난받아야 마땅합니다. 이 고장에 도브친스키라고 하는 지주가 있는데, 이 지주는 당신께서도 만나셨지만…… 이 도브친스키가 집을 나서고 나면, 이내 그 판사가 도브친스키의 마누라 곁에 달라붙어 있다고 합니다. 그건 맹세할 수 있습니다. 뭣하시면 그 아이들을 보십시오. 어디 한 군데도 도브친스키를 닮은 곳이 없습니다. 심지어 어린 막내딸까지도 판사를 꼭 **빼닮았**다니까요.

프레스타코프 그래요? 그건 뜻밖의 일이군요.

아르체미 피립포비치 그리고 그 장학관만 해도 그렇습니다. 저는 어떻게 상부에서 그 사나이에게 그런 직무를 위임하셨는지 도무지 모르겠습니다. 그자는 자코뱅 당원보다도 더 나쁜 놈입니다. 게다가 차마 입에 담을 수도 없는 그런 불온사상을 젊은이들에게 불어넣고 있습니다. 저는 이 모든 걸 전부 서류로 작성하여 보고해 드릴까 하고 생각했습니다. 어떠십니까?

프레스타코프 서면으로도 좋겠죠. 기다리겠습니다. 저는 말입니다, 따분할 때면 무엇인가 재미있는 읽을거리를 읽기 좋아하죠. 그런데 당신 이름이 뭐라고 했죠? 잘 잊어버려서…….

아르체미 피립포비치 재므랴니카라고 합니다.

프레스타코프 아, 그랬었지요, 재므랴니카! 한데 자녀분은 있습니까?

아르체미 피립포비치 네, 있습니다. 다섯이나 있죠. 두 놈은 벌써 장성했지요.

프레스타코프 허어! 장성했다고요? 그런데 뭡니까, 자녀분들의 그…….

아르체미 피립포비치 말하자면, 그 아이들의 이름을 물으시는 겁니까?

프레스타코프 그래요, 이름이 뭐지요?

아르체미 피립포비치 니콜라이, 이반, 엘리자베타, 마리야, 그리고 벨레베투아.

프레스타코프 거 참 훌륭하군요.

아르체미 피립포비치 이거 너무 오래 주저앉아, 신성한 직무시간을 빼앗게 될까봐 저는 이제 그만……. (경례하고 나가려 한다.)

프레스타코프 (따라나오면서) 정말 당신 얘기는 재미있었어요. 자, 그러면 다음 기회에 또 갖죠. 저는 이런 얘기를 아주 좋아해요. (제자리로 돌아왔다가 다시 문을 열고 그의 뒤에 대고 소리 지른다.) 이보시오, 잠깐! 당신의 이름이 뭐랬더라? 금방 잊어버려서. 당신 이름과 성은?

아르체미 피립포비치 아르체미 피립포비치라고 합니다.

프레스타코프 부탁이 있는데요, 아르체미 피립포비치, 이상한 일이 생겨서 말입니다. 글쎄 도중에 돈을 다 써 버렸지 뭡니까. 한 400루블 정도 없습니까?

아르체미 피립포비치 네, 있습니다.

프레스타코프 마침 잘됐군요. 아니, 정말로 고마워요.

제7장

프레스타코프, 보브친스키, 도브친스키

보브친스키 만나 뵙게 되어 영광스럽습니다. 이 고장에서 사는 이반의 아들, 표도르 보브친스키라고 합니다.

도브친스키 저는 이반의 아들인 표도르 도브친스키라고 하는 지주입니다.

프레스타코프 아아, 난 당신네들을 이미 만나보았었죠. 그때 당신이 넘
어졌었죠? 그래, 코는 다 나았나요?

보브친스키 덕택으로! 염려하지 마십시오. 나았습니다. 이제 완전히
나았습니다.

프레스타코프 나으셨다니 다행입니다. 그 말을 들으니 정말 기쁘군요.
(별안간 퉁명스럽게) 돈 좀 갖고 계신 것 없습니까?

보브친스키 돈? 돈이라면?

프레스타코프 (보통 목소리로 빨리) 한 천 루블쯤 꾸었으면 하는데요.

보브친스키 그런 큰돈은, 정말입니다, 갖고 있지 않습니다. 자네 돈 좀
갖고 있지 않나, 표도르 이바노비치?

도브친스키 저도 갖고 있지 않은데요. 실은 돈은 신용조합에 예금해
놓고 있습니다.

프레스타코프 그래요, 그럼 천 루블이 없다고 하면, 한 백 루블쯤은?

보브친스키 (호주머니 속을 뒤지면서) 표도르 이바노비치, 자네 백 루블
갖고 있나? 내게는 40루블밖에 없네.

도브친스키 (지갑 속을 뒤져보고) 전부 25루블이야.

보브친스키 그러지 말고 잘 좀 찾아보게, 표도르 이바노비치. 난 알고
있단 말이야. 자네 그 왼쪽 호주머니에 해진 데가 있잖아? 틀림없
이 그리로 빠졌을 거야.

도브친스키 없어. 정말이야. 거기에도 없단 말이야.

프레스타코프 아니, 전 좋아요. 그저, 그저…… 좋습니다. 그럼 65루블이라도 괜찮습니다. 마찬가지니까요. (돈을 받는다.)

도브친스키 대단히 실례지만, 한 가지 아주 미묘한 일에 대해서 부탁이 있습니다.

프레스타코프 무슨 일인데요?

도브친스키 문제는 아주 미묘한 성질의 것으로…… 제 맏아들 놈이 말입니다. 실은 저, 제 아들 놈이 결혼을 하기도 전에 태어났습니다.

프레스타코프 그래서요?

도브친스키 그렇긴 하지만 그건 그저 그렇게 되었다는 것뿐이고, 그 아이는 결혼하고 낳은 거나 다름없는 틀림없는 제 자식입니다. 물론, 나중에 혼인 절차도 다 마쳤습니다. 그래서 말씀입니다. 저는 이번에 꼭 그 아이가 정말로…… 말하자면, 법률상으로도 인정받고 저처럼 도브친스키라고 불리기를 원합니다만…….

프레스타코프 좋지요, 그렇게 부르도록 하세요! 그건 상관없어요.

도브친스키 이런 일로 심려를 끼치고 싶지는 않았습니다만, 아무래도 그 아이의 재능이 아깝다는 생각이 들어서요. 아직 이렇게 작은 사내아이입니다만…… 상당히 유망한 놈이죠. 여러 가지 시를 외우기도 하고, 게다가 어디에 칼이 떨어져 있거나 하면 이내 요술쟁이처럼 아주 솜씨 좋게 조그마한 마차 같은 걸 만들죠. 이 표도르 이바노비치도 알고 있습니다.

보브친스키 네, 재주가 아주 비상하지요.

프레스타코프 알겠어요, 알겠어요. 어디 한번 힘써 보겠습니다. 내가 얘기하면…… 아마도…… 다 잘될 겁니다. 그럼요. (보브친스키를 보며) 당신도 뭔가 내게 얘기하고 싶은 게 없습니까?

보브친스키 실은, 한 가지 꼭 부탁드리고 싶은 것이 있습니다.

프레스타코프 뭡니까?

보브친스키 다름이 아니라, 페테르부르크로 돌아가시거든 그곳의 높으신 분들에게…… 원로원의 의원이나 해군대장 같은 분들에게, "각하, 이러이러한 도시에 표도르 이바노비치 보브친스키라는 자가 있습니다."라고 말씀해 주십시오. "표도르 이바노비치 보브친스키가 있습니다."라고 말입니다.

프레스타코프 그렇게 해 드리지요.

보브친스키 그리고 혹 폐하를 만나 뵈시거든, 폐하께도 그렇게 말씀드려 주십시오. "폐하, 이러이러한 도시에 표도르 이바노비치 보브친스키라는 자가 있습니다." 하고요.

프레스타코프 그렇게 하지요.

도브친스키 죄송합니다. 이렇게 폐를 많이 끼쳐드려서.

보브친스키 그럼, 이만 물러가겠습니다. 폐 많이 끼쳤습니다.

프레스타코프 뭘요, 천만에요. 아주 유쾌했습니다. (그들을 전송한다.)

제8장

프레스타코프 (혼자서)

프레스타코프 여기엔 관리들이 꽤 많군. 아무래도 녀석들은 나를 정부
의 고위 관리로 잘못 알고 있는 것 같아. 어제 녀석들에게 잔뜩 허
풍을 떨어놓길 잘했어. 정말로 바보 같은 녀석들이야! 이 얘기를
페테르부르크의 토랴비치킨에게 알려 줘야겠어. 놈은 글을 쓰는
사나이니까, 저 녀석들의 일을 우스꽝스레 호되게 써대겠지. 이
봐! 오시프! 편지를 쓸 종이와 잉크를 가져와! (오시프, 문에서 얼굴
을 내밀며 '지금 가져갑니다.' 라고 말한다.) 어느 누구고 토랴비치킨
에게 한번 걸려들면 호되게 당하고 말지. 놈은 좋은 얘깃거리만
된다면 친부모일지라도 가차없으니까…… 게다가 돈까지 들어
온다면야……. 그런데 아무튼 이곳 관리들은 상당히 선량한 사
람들이야. 내게 돈을 꾸어 주다니, 신통해. 돈이 모두 얼마나 되나
좀 봐야지. 이건 판사로부터 300루블, 이건 우체국장의 300루블,
600, 700, 800…… 더러운 지폐군, 이건…… 800, 900…… 이
런 천 루블이 넘는데? 자, 이번엔 어디 두고 보자. 대위녀석, 이번
에 어디 걸리기만 해 봐라! 누가 이기나 보여줄 테니까!

제9장

프레스타코프, 종이와 잉크를 들고 오시프 등장

프레스타코프 그래 어때? 이 바보야. 내가 얼마나 융숭한 대접을 받고 있는지 알고나 있어? (쓰기 시작한다.)

오시프 네, 고마운 일이지 뭡니까! 한데 말이에요, 이반 알렉산드로비치…….

프레스타코프 (쓰고 있다.) 뭐야?

오시프 여기를 떠나시지요. 지금이 가장 좋은 기회입니다.

프레스타코프 무슨 바보 같은 소릴 하고 있는 거야! 뭐가 어때서?

오시프 그렇지 않아요? 이틀씩이나 어울렸으니까 저 사람들은 이제 그만 상대하세요. 이제 그걸로 충분해요. 저들과 더이상 관계를 가질 게 뭐 있습니까? 침이나 뱉어줘요! 그리고 혹 만에 하나라도 다른 누군가가 오면 어쩌시려고요? 정말이라니까요, 이반 알렉산드로비치 나리. 여기 아주 훌륭한 말이 있어요. 그걸 타고 도망가자고요!

프레스타코프 (쓰고 있다.) 아니야, 난 여기 좀 더 있고 싶어. 내일 떠나자.

오시프 내일이요? 이반 알렉산드로비치 나리! 대접을 받는 것은 좋지만, 한시바삐 떠나시는 게 좋을 거예요. 정말이지, 이 사람들은 나라를 누군가 딴사람으로 잘못 알고 있는 거예요. 게다가 부친께서 이렇게 머뭇거리고 있는 걸 아시기라도 한다면 분명히 노발대발 하실 거예요. 자, 단숨에 달려가십시다! 여기선 얼마든지 좋은 말도 내 줄 겁니다.

프레스타코프 (쓰고 있다.) 그럼 좋아. 그전에 이 편지 좀 부치고 와. 그리고 갔다 오는 길에 역마차도 부탁해 둬. 그 대신 좋은 말이어야 해! 마부한테 그렇게 일러둬. 빨리 달리면서 노래를 부르면, 술값으로 1루블씩 주겠다고 말이야! (쓰기를 계속한다.) 토랴비치킨 녀석 배꼽이 빠지게 웃어대겠지.

오시프 저, 나리. 그건 여기 하인에게 부치게 하고, 저는 시간을 헛되이 보내지 않도록 짐을 챙기는 게 좋겠습니다.

프레스타코프 좋아, 촛불을 가져와.

오시프 (퇴장, 무대 뒤에서) 이봐, 여보게! 편지를 좀 부쳐주지 않겠나? 우체국장에게 무료로 해 달라고 해. 그리고 나리께 빨리 달릴 수 있는 최상의 삼두마차를 당장 갖다 대도록 일러두게. 요금은 관비로 지불할 거라고 말해. 빨리 부탁한다고 해. 그렇지 않으면, 우리 나리가 화를 내실 거야. 잠깐, 기다려! 아직 편지를 다 쓰지 않으셨어!

프레스타코프 (쓰기를 계속한다.) 그런데 이 친군 지금 어디에 있을까? 포치탐스카야 거리에 있을까, 아니면 고로호바야 거리에 있을까?

이 친구도 집을 옮겨 다니기를 좋아해서, 집세를 내려 하질 않는단 말이야. 뭐, 아무래도 좋아. 포치탐스카야 거리로 쓰자. (편지를 접은 다음, 수신인의 이름을 쓴다.)

오시프, 촛불을 가져온다. 프레스타코프, 봉인을 한다. 이때 제르지몰더의 목소리가 들린다.

제르지몰더의 목소리 "이봐, 털보, 어딜 슬슬 기어들어가고 있어? 아무도 들여보내지 말라는 분부가 있었다고 했잖아!"

프레스타코프 (오시프에게 편지를 준다.) 자, 갖고 가.

장사치들의 목소리 들어가게 해 주세요. 나리! 왜 못 들어가게 하는 겁니까? 용무가 있어 왔어요!

제르지몰더의 목소리 저리 가! 저리 가! 만날 수 없단 말이야. 주무시고 계셔.

프레스타코프 뭐야 저건? 오시프, 무슨 소동인지 좀 내다봐.

오시프 (창문으로 내다보면서) 장사치들이 안으로 들어오려고 하는데, 순경이 들여보내지 않고 있습니다. 종이쪽지를 들고 있는데요. 틀림없이 나리를 뵈려고 하는 걸 겁니다.

프레스타코프 (창문으로 다가가서) 무슨 일이오, 여러분!

장사치들의 목소리 부탁드릴 말씀이 있어서 찾아왔습니다. 나리! 저희들의 말 좀 들어주십시오.

프레스타코프 들여보내, 들여보내! 오시프! 들어와도 좋다고 일러!

오시프 퇴장

프레스타코프 (창문으로부터 탄원서를 받아 들고, 그 중 한 통을 펴서 읽는다.) "재무부 대판무관 각하, 상인 아브돌린 올림……" 뭐야, 이건, 이런 관명이 어디 있어!

제10장

프레스타코프, 술병이 든 바구니와 설탕 꾸러미를 들고 있는 장사치들

프레스타코프 뭡니까, 여러분?
장사치들 부탁이 있어 왔습니다.
프레스타코프 무슨 용무요?
장사치들 살려주십시오, 나리. 저희들은 아무런 죄도 없는데 이만저만한 곤욕을 치르고 있는 게 아닙니다.
프레스타코프 누구로부터요?

장사치의 한 사람 네, 모두 여기 시장으로부터입니다. 그런 시장은, 나리, 아직까지 우리 시에 이런 시장이 있었던 적이 없습니다. 지금 시장을 말로 다할 수 없을 정도로 심한 짓을 해 댑니다. 군대를 투숙케 하여 괴롭히질 않나, 차라리 목을 매달아 죽고 싶습니다. 올바른 일은 하나도 하질 않습니다. 남의 턱수염을 홱 움켜쥐고서는 "이 천하에 망할 놈의 타타르 놈아!" 하는 식입니다. 정말입니다! 그것도 저희들이 그분에게 경의를 표하지 않기 때문이라면 또 몰라도, 마땅히 해야 할 일은 다하고 있는데도 말입니다. 그분의 부인이나 따님의 옷값 정도라면 달리 이러쿵저러쿵하지 않겠습니다. 그런데 그게 아닙니다. 그것 가지고서는 모자라는지 가게에 찾아와서는 닥치는 대로 무엇이든지 그냥 가지고 가 버립니다. 나사를 한 필 보거나 하면 "어이, 이봐, 이건 좋은 감인데. 내 집으로 가져와." 하는 식입니다. 할 수 없이 가져가긴 가져가지만 나사 한 필이면 자그마치 50아르신(약 40미터)이나 되는 물건입니다.

프레스타코프 정말인가! 음, 아주 지독한 협잡꾼이군.

장사치들 정말입니다. 어느 누구도 그런 시장은 본 적이 없다고 합니다. 사람들은 그분이 나타나면 가게의 물건을 진부 감춰 버립니다. 그렇게라도 하지 않았다가는 좋은 물건은 말할 것도 없고, 아무리 형편없는 것이라도 모두 가져가 버리니까요. 벌써 7년째 통 속에 넣어둔, 저희 집 점원도 먹지 않는 말린 살구까지도 한 주먹

가득 움켜쥐고 가는 사람입니다. 또 그분의 명명일인 안톤의 날에도 잔뜩 뭔가를 갖다 나릅니다. 그렇게 하니까 이젠 더 이상 필요한 게 없겠지 생각하면 큰 오산이에요. 또다시 마구 갖다 바치라고 하거든요. 게다가 성 오누프리오의 날도 자기의 명명일이랍니다. 어쩌겠요, 그날도 물건을 갖다 바칠 수밖에요.

프레스타코프 그렇다면 그건 정말 날강도가 아닌가?

장사치들 그렇고 말고요! 하지만 시장의 말을 거역했다가는 큰일이 납니다. 1개 연대는 될 정도의 사람을 저희 집에 끌고 오거든요. 이건 당장 가게 문을 닫으라는 것과 똑같은 거예요. 또 시장은 "나는 너희들을 태형에 처하거나 고문하진 않겠어. 그건 법률로 금하고 있기 때문이지. 대신 어디 골탕 좀 먹어 봐!" 하고 말하죠!

프레스타코프 허어! 그런 형편없는 협잡꾼이 있나! 그것만 해도 이미 시베리아 행이야.

장사치들 나리께서 그자를 어디로 보내시건 상관없습니다만, 단 한 가지, 되도록이면 여기서 조금이라도 멀리 떨어진 곳으로…… 제발 부탁드립니다. 이건 변변치는 않지만 그저 성의의 표시이오니 받아 주십시오. 설탕과 술입니다.

프레스타코프 아니, 그런 건 곤란하오. 난 어떤 뇌물도 결코 받지 않소. 하지만 만일 내게 한 300루블쯤 꾸어 준다면, 그건 또 문제가 전혀 다르지. 꾸는 거니까 괜찮아.

장사치들 좋고말고요! (돈을 꺼낸다.) 하지만 300루블이니 뭐니 그렇게 말씀하지 마시고, 차라리 500루블쯤 받아 두십시오. 그저 도와만 주십시오.

프레스타코프 좋소, 꾸는 것이라면 별로 따질 게 없지. 그럼 받아두겠소.

장사치들 (돈을 은쟁반 위에 올려놓고 그에게 내민다.) 여기 있습니다. 은쟁반도 함께 거두어 주십시오.

프레스타코프 그럼, 은쟁반도 받아두기로 하지.

장사치들 (절을 하면서) 기왕 이렇게 되었으니 이 설탕도 받아 주십시오.

프레스타코프 아아, 아니, 난 뇌물은 결코…….

오시프 각하! 왜 받지 않으십니까? 받으십시오. 여행 중에는 무엇이든 필요합니다. 그 설탕과 바구니를 이리 가져와요! 모두 가져와요! 무엇이든 필요하니까. 그건 뭐야? 노끈인가? 노끈도 받아두지! 여행 중에는 노끈도 필요하거든. 수레가 부서지거나 어떻게 됐을 때, 붙들어 매는 게 필요해.

장사치들 그럼, 각하. 잘 부탁합니다. 만일 나리께서 저희들의 부탁을 들어주시지 않는 날엔 저희들은 어떻게 될지 모릅니다. 그때에는 목이라도 매다는 수밖에 없습니다.

프레스타코프 걱정 마시오. 틀림없이 힘이 되어 줄 테니.

장사치들 퇴장. 여자 목소리가 들려온다. "안 돼. 나를 못 들어가게 하진 못해! 당신에 대해서도 저 어른께 호소할 테니까. 그렇게 심하게 떼밀지 말란 말이야!"

프레스타코프 저건 누구야? (창문 쪽으로 다가간다.) 뭡니까, 당신들은?
두 여자의 목소리 나리, 부탁입니다! 제발 제 말 좀 들어주십시오.
프레스타코프 (창 너머로) 그 여자를 들여보내게.

제11장

프레스타코프, 자물쇠 장수의 아내, 하사관의 아내

자물쇠 장수의 아내 (머리가 땅에 닿도록 절을 하면서) 부탁이 있어 왔습니다.

하사관의 아내 부탁이 있습니다…….

프레스타코프 당신네들은 누구요?

하사관의 아내 하사관 이바소프의 아내이옵니다.

자물쇠 장수의 아내 저는 이 마을의 자물쇠 장수의 아내 페브로니아 페도로브나 포슈로프키나입니다, 나리…….

프레스타코프 잠깐, 한 사람씩 얘기하시오. 당신은 무슨 일이오?

자물쇠 장수의 아내 부탁이 있어요, 시장놈의 일로! 오, 하느님, 그놈에게 천벌을 내려 주십시오. 그놈의 자식들에게도, 협잡꾼인 그놈에게도, 숙부나, 그놈의 숙모에게도 나쁜 일만 있도록!

프레스타코프 왜 그러시오?

자물쇠 장수의 아내 네, 그놈이 우리 집 양반을 군대에 보내겠다고 합니다. 저희들 차례가 아닌데 말씀이에요……. 그놈은 형편없는 협잡꾼입니다. 그런 일은 법에도 없는 일이에요. 아내 있는 남자를 군대에 보내다니요!

프레스타코프 어떻게 그놈이 그런 짓을 할 수 있었단 말이오?

자물쇠 장수의 아내 그 협잡꾼 녀석이 모두 꾸민 일이에요. 하느님, 이승에서고 저승에서고 그놈을 무섭게 벌해 주십시오! 만일 그놈에게 숙모가 있다면 그 숙모도 천벌을 받게 해 주십시오. 그놈의 아비가 살아 있다면 그 형편없는 아비도 객사를 하거나 한평생 천식으로 고생하도록 저주하여 주십시오. 원래는 양복장이의 아들이 나가게 되어 있었어요. 그런데 그 아들이 술주정뱅이인데다가, 그 아비가 낳은 선물을 보내니까 그놈이 여자 상사지인 판텔레예바의 아들더러 나가라고 했습니다. 한데 판텔레예바도 그놈의 여편네에게 마포 세 필을 갖다 바쳤지 뭡니까. 그렇게 되니까 이번에는 우리한테로 와서 "서방 따윈 가져서 무얼 해? 그놈은 이제 아무 짝에도 쓸모가 없잖아." 하고 뇌까리지를 않겠어요? 쓸모가 있는지 없는지는 제 놈이 알 일이 아니죠. 그건 어디까지나 제가 상관할 일이지요. 그자는 그런 협잡꾼입니다! 그리곤 "네 남편은 도둑놈이야. 비록 지금은 도둑질을 하지 않았다 하더라도, 언젠가는 도둑질을 하게 될 테니까 마찬가지야. 그렇지 않더라도 내년에는 징집당하게 되어 있어." 하질 않겠습니까? 하지만 남편이 없으면 저는 어떻게 되겠습니까? 그 협잡꾼! 전 늙은 여자입니다. 그런데도…… 그 사람 같지도 않은 놈이! 그놈의 일가친척은 모두 하느님의 은총을 못 받게 될 겁니다. 장모가 있다면 그 장모까지도……!

프레스타코프 알았어, 알았어. 그리고 당신은? (노파를 배웅하여 내보낸다.)

자물쇠 장수의 아내 (퇴장하면서) 제발 잊지 말아 주십시오, 나리. 부탁이옵니다.

하사관의 아내 시장의 일로 찾아왔습니다, 나리…….

프레스타코프 그래서 어쨌다는 거요? 무슨 일이 어떻게 된 건지 간단히 말하시오.

하사관의 아내 저를 채찍으로 때렸습니다, 나리.

프레스타코프 어째서?

하사관의 아내 단단히 잘못 알고 와서 그렇게 한 것입니다, 나리. 여자들이 시장에서 싸움질을 하고 있었습니다. 그런데 순경이 뒤늦게

와 가지고는 잘못도 없는 저를 마구 두들겨 패는 것입니다. 그래서 전 이틀 동안 앉아 있지도 못했습니다.

프레스타코프 그러니까 이제 와서 어떻게 하겠다는 거요?

하사관의 아내 그야 물론 어떻게 할 수 없죠. 하지만 하다못해 잘못에 대한 보상으로 시장에게 벌금이라도 물게 해 주십시오. 그저 가만히 있을 수만은 없는 일이니까요. 그리고 지금 저는 돈이 필요해요.

프레스타코프 알았소, 알아들었으니 그만 가시오, 가! 내가 다 처리하리다. (창문으로 탄원서를 든 손이 몇 개씩이나 들어온다.) 거기에 있는 건 또 누구야? (창 쪽으로 다가간다.) 이제 됐어, 이제 됐다고! (창가에서 떠난다.) 그만, 그만! 진절머리가 나. 제기랄! 이제 들여보내지 마, 오시프!

오시프 (창가에서 소리친다.) 이제 가요, 가! 시간이 지났소! 내일 와요!

문이 열리며, 턱수염을 텁수룩하게 기른, 입술이 부르트고 볼에 붕대를 감은 허름한 외투를 입은 사나이가 나타난다. 그 뒤에 또 몇 사람이 부인다.

오시프 가라구, 가! 여기가 어디라고 함부로 막 기어들어오는 거요?

앞에 있는 사내의 배를 손으로 떼밀면서 뒤로 문을 닫고 자기도 함께
밖으로 나간다.

제12장

프레스타코프, 마리야 안토노브나

마리야 안토노브나 어머나!

프레스타코프 뭘 그렇게 깜짝 놀라십니까, 아가씨?

마리야 안토노브나 아니에요, 놀라지 않았어요.

프레스타코프 (점잔을 빼며) 용서하십시오, 아가씨. 전 대단히 기쁩니다.
당신이 저란 사람을 알아 주셔서 말입니다. 이렇게 물으면 실례지
만, 어디로 가시려던 참이셨나요?

마리야 안토노브나 뭐, 따로 어디를 가려 했던 건 아니에요.

프레스타코프 그렇다면 왜 아무 데도 가지 않으시는 거지요?

마리야 안토노브나 전, 어머니가 혹 여기에 계시지 않나 해서요…….

프레스타코프 아니, 왜 아무 데도 가지 않으시는가, 그걸 알고 싶은 것
입니다.

마리야 안토노브나 제가 방해를 했군요, 중요한 일을 하고 계셨을 텐데

죄송해요.

프레스타코프 (점잔을 빼며) 어떤 중대한 일보다도 당신의 눈이 훨씬 더 좋습니다. 당신이 방해가 되는 일은 절대 없습니다. 비록 어떠한 모습으로든. 아니, 그뿐 아니라, 오히려 당신은 제게 커다란 기쁨을 가져다줍니다.

마리야 안토노브나 정말 당신은 도시인다운 그럴싸한 표현법을 잘 쓰시는군요.

프레스타코프 당신과 같은 아름다운 분을 위해서입니다. 당신에게 의자를 권할 수 있는 행복을 저에게 베풀어 주시겠습니까? 당신에게 권해야 할 건 의자가 아니라 옥좌라야 마땅하지만요.

마리야 안토노브나 아이, 전 몰라요……. 저는 이제 가봐야 해요. (앉는다.)

프레스타코프 참으로 아름다운 숄이군요!

마리야 안토노브나 어쩜, 짓궂기도 하셔라. 시골뜨기라고 놀려대려고만 하시는군요?

프레스타코프 아가씨, 전 당신의 그 백합 같은 목을 끌어안을 수만 있다면 당신의 숄이라도 되었으면 하고 생각하고 있습니다.

마리야 안토노브나 정말 무슨 말씀을 하고 계신지 도무지 알 수 없군요. 숄이 어떻게 됐다는 건지…… 오늘은 정말 이상한 날씨군요.

프레스타코프 그러나 아가씨, 어떤 날씨보다도 당신의 입술이 좋아요.

마리야 안토노브나 당신께선 늘 그런 말씀만 하시는군요. 저, 부탁이 있어요. 기념으로 시 한 편을 이 앨범에다 써 주시지 않겠어요? 당신께선 틀림없이 좋은 시를 많이 알고 계실 거예요.

프레스타코프 당신을 위해서라면 뭐든 원하시는 대로. 자, 말해 보세요. 어떤 시를 좋아하시죠?

마리야 안토노브나 왜 뭐 그런 것 있잖아요! 새롭고 좋은 것.

프레스타코프 시 같은 건 문제없어요! 많이 알고 있으니까요.

마리야 안토노브나 그럼, 어떤 걸 써 주시겠어요? 가르쳐 주시지 않겠어요?

프레스타코프 말할 필요도 없지요. 얘기하지 않아도 잘 알고 있을 테니까요.

마리야 안토노브나 저는 시를 무척 좋아해요…….

프레스타코프 그래요. 전 여러 가지를 많이 알고 있어요. 그럼 이런 건 어떻습니까? "오, 그대 인간이여! 무슨 까닭에 슬픔 속에서 헛되이 하느님을 원망하는가……!" 또 그 밖에도 많이 있습니다만, 지금은 생각이 잘 떠오르지 않는군요. 하지만 아무튼 그런 건 아무래도 좋습니다. 그보다는 제 사랑을 당신께 바칩니다. 당신의 그 아름다운 눈을 위해서……. (의자를 끌어당기면서)

마리야 안토노브나 사랑! 사랑이라고요? 전 몰라요. 사랑이 어떤 건지 한번도 경험해 보지 못했거든요. (의자를 뒤로 뺀다.)

프레스타코프 왜 의자를 그렇게 뒤로 빼십니까? 더 가까이 앉는 것이
좋은데요.

마리야 안토노브나 (뒤로 물러나면서) 왜 곁에 앉아요? 떨어져 있어도 마
찬가지인데요.

프레스타코프 (다가가면서) 왜 떨어져 있는 겁니까? 곁이라 해도 마찬가
지입니다.

마리야 안토노브나 (뒷걸음질치면서) 하지만, 왜 뭐 하시려고요?

프레스타코프 (다가가면서) 당신 스스로 너무 가깝다고 생각하시는군
요. 그저 떨어져 있다고 생각하시면 됩니다. 아가씨, 만일 이 팔로
당신을 껴안을 수만 있다면 전 얼마나 행복할까요?

마리야 안토노브나 (창 밖을 바라보며) 어머! 뭐죠? 뭔가 날아간 것 같은
데? 까치일까요? 그렇지 않으면 다른 무슨 새일까요?

프레스타코프 (그녀의 어깨에 입을 맞추고 창 밖을 본다.) 까치예요.

마리야 안토노브나 (분연히 일어선다.) 아니, 이건 너무해요…… 큰 실례
예요…….

프레스타코프 (그녀를 붙들면서) 용서하십시오, 아가씨. 그건 당신을 사
랑하고 있기 때문입니다. 오직 당신에 대한 사랑 때문에…….

마리야 안토노브나 당신께선 저를 그렇고 그런 시골 계집애로 알고 계
시는군요. (나가려고 버둥거린다.)

프레스타코프 (더욱 그녀를 붙들며) 당신을 사랑해서입니다. 정말 사랑

하기 때문입니다. 전 그저 장난삼아 그래 본 것뿐입니다. 마리야 안토노브나, 화내지 마십시오! 무릎을 꿇고 용서를 빌겠습니다. (무릎을 꿇는다.) 용서하십시오, 용서해 주십시오! 보세요, 이렇게 무릎을 꿇고 있지 않습니까.

제13장

앞 장의 사람들과 안나 안드레예브나

안나 안드레예브나 (프레스타코프가 무릎을 꿇고 있는 걸 보고) 어머나, 이게 어찌된 일이에요?

프레스타코프 (일어나면서) 체, 빌어먹을!

안나 안드레예브나 (딸에게) 아니, 이게 어떻게 된 거냐, 응? 이게 무슨 짓이냐?

마리야 안토노브나 엄마, 난······.

안나 안드레예브나 여기서 썩 나가지 못해? 저리 나가, 저리 나가라고! 이제 얼굴도 비치지 마! (마리야 안토노브나 울면서 퇴장.) 정말 미안합니다. 전 정말 깜짝 놀랐어요······.

프레스타코프 (방백) 이 여자도 어지간히 식욕을 돋우는데, 인물도 그렇게 나쁘지 않고. (별안간 무릎을 꿇는다.) 부인, 보십시오. 전 이렇게 사랑에 불타고 있습니다.

안나 안드레예브나 어떻게 된 거예요…… 무릎까지 꿇으시고! 자, 일어나셔요, 일어나 주셔요! 이 마룻바닥은 아주 더러워요.

프레스타코프 아닙니다. 이렇게 하고 있겠습니다. 무릎을 꿇고 있겠습니다. 전 자신에게 정해진 운명을 알고 싶은 겁니다. 삶이냐, 죽음이냐?

안나 안드레예브나 하지만 용서하세요. 전 아직 당신의 말뜻을 전혀 모르겠는걸요. 제가 혹 잘못 안 건지는 모르겠지만, 당신께선 제 딸을 두고 하시는 말씀이겠지요?

프레스타코프 아닙니다. 전 당신을 사랑하고 있는 겁니다. 제 목숨은 한 가닥의 머리카락에 매달려 있습니다. 만일 당신이 저의 영원한 사랑을 받아 주시지 않으신다면, 전 이제 이 세상에 존재할 가치도 없습니다. 이 간절한 생각에 가슴을 불태우면서 당신의 손길을 바라는 것입니다.

안나 안드레예브나 하지만 저에겐 저, 뭐라고 할까요……. 전 남편이 있는 몸이에요.

프레스타코프 그런 건 상관없습니다. 사랑에는 국경이 없는 겁니다. "세상의 법도야말로 탓할지어다." (카람진의 소설 《보룬고름 도》에 나오는 노래의 1절)라고 카람진도 말했습니다. 둘이서 자연의 품으로 돌아가는 겁니다. 자, 당신의 손을, 그 손을…….

제14장

앞 장의 사람들,
마리야 안토노브나 갑자기 뛰어들어온다.

마리야 안토노브나 엄마, 아빠가 말예요……. (프레스타코프가 무릎을
꿇고 있는 것을 보고 소리친다.) 어머나! 어쩌면!

안나 안드레예브나 무슨 일이야? 뭐가 어쨌다는 거야? 이게 도대체 무
슨 경망한 짓거리야! 미친 고양이처럼 별안간 뛰어들어와서
는……. 그래 뭘 그렇게 놀라서 야단인 거야? 왜 그러냐 말이야?
정말이지 세 살짜리 어린애처럼. 누가 봐도 열여덟 살이라고는 보
질 않겠다, 보질 않겠어! 나잇값을 좀 해 봐. 정말이지 언제쯤 돼
야 좀 더 영리하고 교양 있는 처녀답게 행동할 거니? 언제쯤 되어
서야 예의바르고 얌전해질 거야!

마리야 안토노브나 (눈물이 글썽글썽하여) 전 정말로, 엄마, 몰랐어
요…….

안나 안드레예브나 네 머릿속에선 언제나 헛바람이 불고 있지. 넌, 랴

프킨챠프킨의 딸들을 본뜨고 있는 거야. 어쩌자고 그런 사람들을 본받는 거냔 말이야! 그런 사람들에게는 본받을 게 없어. 너에겐 본받을 사람이 따로 있어. 바로 네 앞에 있는 이 엄마를 보려무나. 이런 엄마를 본받아야 한단 말이야.

프레스타코프 (딸의 손을 붙잡으면서) 안나 안드레예브나, 우리들의 행복을 반대하지 말아주십시오. 우리의 영원한 행복을 축복해 주십시오!

안나 안드레예브나 (깜짝 놀라면서) 그럼, 당신께선 딸에게……?

프레스타코프 결정해 주세요. 삶이냐, 죽음이냐를?

안나 안드레예브나 그것 봐라, 이 맹추야. 손님께서는 이렇게도 너를 위해, 너 같은 망나니 때문에 무릎을 꿇고 계신데, 그런데 너는 마치 미치광이처럼 별안간 뛰어들기나 하고! 정말 모처럼 들어보는 감사한 말씀이었는데……. 거절할 수밖에 없잖아. 너는 이런 행복을 누릴 가치도 없어!

마리야 안토노브나 다시는 그러지 않겠어요, 엄마. 정말 다시는 그러지 않을게요.

제15장

앞 장의 사람들과 시장 (숨을 헐떡이면서 등장)

시장 각하, 살려주십시오! 살려주십시오!

프레스타코프 아니, 무슨 일이 있으십니까?

시장 저 장사치들이 각하께 탄원했습니다만, 저는 명예를 걸고 단언합니다. 저 녀석들이 말하는 건 정말이지 사실이 아닙니다. 저 녀석들이야말로 오히려 세상을 속이고, 부정을 일삼고 있는 놈들입니다. 하사관의 여편네가 마치 제가 채찍으로 때린 것처럼 고자질을 했습니다만, 그건 거짓말입니다. 그 여자가 거짓말을 하고 있는 겁니다. 정말로 거짓말입니다. 저 여자는 자기가 자기를 때린 것입니다.

프레스타코프 하사관의 여편네 따윈 내버려둬요. 전 그럴 경황이 없단 말이에요.

시장 그걸 곧이들으시면 안 됩니다! 믿으시면 안 됩니다. 녀석들은 터무니없는 거짓말쟁이로…… 아이들조차도 믿질 않습니다. 그 녀석들은 동네에서도 거짓말쟁이로 알려져 있죠. 교활한 걸로 말하자면, 세상에서 둘째 가라면 서러워할 정도라니까요. 다시없는 악당들로 보시면 돼요.

안나 안드레예브나 여보, 이반 알렉산드로비치께서 우리에게 대단한 영광을 안겨 주셨어요. 우리 딸에게 청혼을 하셨어요.

시장 뭐라고! 뭐라고! 여보, 당신, 정신 나갔군! 각하, 제발 노여워하지 말아 주십시오. 머리가 좀 돈 모양입니다. 이 사람의 어미도 그랬었습니다.

프레스타코프 아니, 분명 청혼을 했습니다. 전 진심으로 사랑하고 있습니다.

시장 이거 도무지 믿어지지 않습니다, 각하!

안나 안드레예브나 지금 그렇다고 말씀하시잖아요!

프레스타코프 농담하고 있는 게 아닙니다. 저는 사랑으로 미칠 것 같습니다.

시장 도저히 믿을 수가 없습니다. 저에게 이런 영광을 베푸시다니!

프레스타코프 정말입니다. 만일 마리야 안토노브나와의 결혼을 허락해 주시 않으신다면, 전 무슨 일을 저지를지 모릅니다.

시장 믿을 수가 없습니다, 각하! 농담이시지요?

안나 안드레예브나 정말 어지간히도 말귀를 못 알아듣네. 그만큼 알아듣게 밀씀을 하고 계시는데도!

시장 믿을 수 없습니다.

프레스타코프 용서하십시오……. 전 막된 사람이어서 무슨 짓을 할지 모릅니다. 제가 자살이라도 한다면 당신은 법정에 서지 않으면 안

될 것입니다.

시장 당치도 않은 말씀! 저는 정말이지 몸도 마음도 결백합니다. 제발 노하지 말아 주십시오! 아무쪼록, 각하의 마음에 드시는 대로 하십시오. 제 머릿속이 지금 정말…… 어떻게 된 건지 저 자신도 모르겠습니다. 마치 바보가 된 것만 같습니다. 이런 일은 처음입니다.

안나 안드레예브나 자, 축복해 주세요!

프레스타코프, 마리야 안토노브나와 함께 그에게 다가간다.

시장 하느님이, 이 두 사람에게 축복을 내려주시옵소서! 하지만 저에겐 죄가 없습니다. (프레스타코프는 마리야 안토노브나와 키스를 한다. 시장은 두 사람을 응시한다.) 어떻게 된 영문이야! 정말이지! (눈을 비빈다.) 키스를 하고 있군! 아, 키스를 하고 있어! 결혼할 게 분명해. 이젠 진짜 내 사위야! (기뻐서 뛰어오르며 소리친다.) 역시 안톤이야! 역시, 역시! 안톤이야! 암, 암, 난 시장다워! 놀라운 일이 벌어졌어!

제16장

앞 장의 사람들과 오시프

오시프 말이 준비됐습니다.

프레스타코프 음, 알았어. 곧 가지.

시장 아니, 그럼…… 떠나시는 겁니까?

프레스타코프 네, 그렇습니다.

시장 그럼 언제…… 말하자면…… 방금 각하 자신께서 결혼하실 뜻을 밝히셨던 것으로 압니다만?

프레스타코프 아, 그것이……. 잠깐 동안 백부님에게 들르려고요. 아주 부자 영감님이시죠. 내일까지 돌아오겠습니다.

시장 무리하게 붙들지는 않겠습니다. 무사히 돌아오시기를 기다리고 있겠습니다.

프레스타코프 네, 네, 곧 돌아옵니다. 안녕, 내 사랑…… 아니, 도저히 말로는 다 나타낼 수가 없군요! 안녕, 사랑스러운 이! (그녀의 손에 키스를 한다.)

시장 도중에 뭐 필요하신 거라도…… 돈이 없으셨던 것으로 기억되는데…….

프레스타코프 아, 아닙니다. 뭘 그런 것을……. (잠시 생각하고는) 하지

136

만 뭐 좋습니다.

시장 얼마쯤 필요하실까요?

프레스타코프 그러니까 그때 200루블을 받았었지요. 아냐, 200루블이
아니라 400루블이었지. 전 당신의 착오를 이용하고 싶지 않아요.
그럼, 이번에도 그 정도면 어떨까요…… 꼭 800루블이 되게……

시장 그렇게 하지요. (지갑에서 돈을 꺼낸다.) 마침 아주 새 지폐가 있군
요.

프레스타코프 아, 그렇군요! (받아서 돈을 센다.) 됐습니다. 새 지폐를 받
으면 새로운 행운이 온다죠?

시장 네, 그렇습니다.

프레스타코프 안녕히 계십시오, 안톤 안토노비치 시장! 여러 가지로 신
세를 많이 겼습니다. 진심으로 감사를 드립니다. 사실 전 지금까
지 이처럼 융숭한 대접을 받기는 처음입니다. 안녕히 계십시오.
안나 안드레예브나! 안녕, 내 사랑 마리야 안토노브나! (일동 퇴장)

무대 뒤에서

프레스타코프의 목소리 안녕, 내 마음의 천사, 마리야 안토노브나!

시장의 목소리 아니, 이거 어떻게 되신 겁니까? 내내 역마차를 타고 가
실 겁니까?

프레스타코프의 목소리 네, 전 역마차에 익숙해 있어요. 스프링이 달린 마차는 머리가 아파서요.

마부의 목소리 워, 워……

시장의 목소리 그렇더라도 하다못해 뭔가는 까셔야죠, 융단이라도. 융단을 가져오게 할까요?

프레스타코프의 목소리 아니, 뭐 그렇게까지……. 그럴 필요 없어요. 하지만 모처럼 말씀하시는 것이니 받아두겠습니다.

시장의 목소리 이봐, 아브도차! 곳간에 가서 제일 좋은 융단을 가져 와! 엷은 노란빛의 페르시아 산으로 말이다! 빨리!

마부의 목소리 워, 워.

시장의 목소리 언제 돌아오시는 걸로 알고 있을까요?

프레스타코프의 목소리 내일이나 모레.

오시프의 목소리 아, 그게 융단인가? 이리 가져와! 이렇게 까는 거야. 이번엔 이쪽에 건초를 넣어 주게.

마부의 목소리 워, 워.

오시프의 목소리 이봐, 여기! 이쪽이라는데! 이쪽! 좀 더! 그래, 좋았어. 이거 아주 훌륭한데. (융단을 손바닥으로 두드린다.) 자, 앉으시죠, 각하!

프레스타코프의 목소리 안녕히 계십시오, 안톤 안토노비치 시장!

시장의 목소리 안녕히 가십시오, 각하!

여자들의 목소리 안녕히 가십시오, 이반 알렉산드로비치 각하!

프레스타코프의 목소리 안녕히 계십시오, 장모님!

마부의 목소리 이랴, 이랴, 잘 부탁한다.

방울 소리가 울리고 막이 내린다.

제5막

같은 방

제1장

시장, 안나 안드레예브나, 마리야 안토노브나

시장 어때, 안나? 응? 당신 이런 걸 생각해 본 일이 있어? 이만저만 큰 횡재가 아니야, 어디 솔직히 한번 말해 봐. 당신 꿈에도 생각해 본 적 없지? 고작 한 시골의 시장 부인이 단숨에 일약…… 푸, 잘됐어…… 그런 높은 양반을 사위로 맞다니!

안나 안드레예브나 아뇨, 전혀 그렇지만도 않아요. 난 전부터 제가 이렇게 될 줄 알고 있었어요. 당신은 극히 평범한 사람이어서 한번도 그런 훌륭한 사람들을 만나 본 적이 없었겠죠? 그렇기 때문에 당신에겐 모든 게 신기하게 여겨지는 거예요.

시장 나도 여보, 훌륭한 인간이란 말이오. 그러나 정말 한번 생각해 봐, 안나. 사실 이번에 우리들은 하늘 높이 훨훨 날 수 있게 된 거야. 제기랄! 두고 보라고. 이번에야말로 그 탄원서나 고소장을 내기 좋아하는 녀석들을 모두 혼쭐을 내 줄 테니. 이봐, 거기 누구 없나? (순경 등장) 아, 자넨가, 이반 카르보비치. 장사치 녀석들을 이리로 불러 와. 그 녀석들, 이번에는 제대로 맛 좀 보여줘야겠어. 악당들! 제 놈들이 감히 나를 고소를 해? 저주 받을 유대 녀석들 같으니라고! 이때까지는 그럭저럭 참아왔지만, 이번에는 제대로 혼쭐 내 줄 테다. 나를 고소했던 놈들을 모두 적어 놓으라고. 그리고 특히 그 녀석들에게 탄원서를 꾸며 준 엉터리 글쟁이들의 이름도 적어 놔. 그리고 모두에게 잘 가르쳐 주라고. 하느님께서는 시장에게 큰 영광을 내려 주셨다고 말이야. 내 딸년을 시집보낸단 말이야. 그것도 그저 평범한 사내한테 보내는 게 아니라 세상에 다시없을 만한, 그리고 무슨 일이든 하나도 되지 않는 일이 없을 만큼의 그런 대단한 사람에게라고 말이야! 알겠나? 모두에게 잘

알아듣도록 일러둬. 큰 소리로 외쳐! 종을 쾅쾅 울리란 말이야, 빌
어먹을! 축하를 하려면 맘껏 축하하라고 그래! (순경 퇴장) 그건 그
렇고 어떻게 하지? 안나, 이제 우리는 어디서 살지? 여긴가, 아니
면 페테르부르크일까?

안나 안드레예브나 물론 페테르부르크에서죠. 어떻게 이런 데 있을 수
있겠어요!

시장 아니, 페테르부르크에서 살아야 한다면 그곳도 좋지. 하지만 여
기도 좋긴 좋아. 그런데 그렇게 되면 시장직도 집어치워야 되겠
지, 응, 안나?

안나 안드레예브나 물론이고말고요. 시장직 같은 게 다 무슨 소용이에
요!

시장 그런데 당신은 어떻게 생각해, 안나? 이제 나는 큰 벼슬자리에
앉겠지? 그분은 대신들과도 친구사이지, 궁중에도 자주 드나들
지……. 그러니까 그 연줄로 자꾸 승진하다 보면 대장이라도 되
겠지? 당신은 어떻게 생각하지, 안나? 대장이 될 수 있을까?

안나 안드레예브나 물론이죠! 물론 그럴 수 있고말고요.

시장 제기랄, 대장이 되면 얼마나 좋을까? 어깨 너머로 훈장 띠를 길
게 두르고……. 그런데 어떤 띠가 좋을까, 안나? 붉은 띠, 아니면
연노랑 띠?

안나 안드레예브나 그야 물론 연노랑 띠가 더 낫죠.

시장 뭐? 무슨 말을 하는 거야! 붉은 띠도 좋지. 모두들, 도대체 뭣 때문에 대장이 되고 싶어 하는 줄이나 알아? 그건 어디를 가든 전령이며 부관들이 앞서 달려가서 "말을 내와!" 하기 때문이지. 그러면 역참에선 아무에게나 말을 내놓지 않으니까 모두들 언제까지고 기다리고 있어야 할밖에. 그것들이 모두 9등관이나 대위나 시장 따위들이야. 하지만 난 거들떠보지도 않을 거야. 그리고 현지사 댁인가 뭔가에서 식사를 할 경우에는 "야, 임마, 시장은 대령하고 있어!" 하는 거야. 헷헷헷! (낄낄거리며 웃어댄다.) 어때, 제기랄 놈의 것, 좋잖아!

안나 안드레예브나 당신은 언제나 그런 천박한 짓만 좋아하는군요. 당신은 당신의 생활을 완전히 바꾸어야 해요. 그리고 당신이 곧 알게 될 친구들이 당신과 함께 토끼 사냥이나 가는 미치광이 판사나 재므랴니카 같은 사람이 아니라는 것쯤은 기억해 둬야 할 거예요. 당신이 이제 알게 될 사람들은 백작이라든지 하는 그러한, 모두 조심스럽게 교제하지 않으면 안 되는 대단한 사람들뿐이라고요. 전 정말 당신이 걱정스러워요. 이따금 당신은 상류사회에선 전혀 들을 수 없는 상스런 말을 쓴단 말이에요.

시장 뭐라고? 말 따위는 해가 되지 않아.

안나 안드레예브나 그야 시장을 하고 있는 동안은 괜찮겠죠. 하지만 그곳의 생활은 전혀 다르단 말이에요.

시장 그래, 듣자 하니 거기엔 뭐 랴푸슈카(붕장어의 일종)라든지 코류슈 카(황어)라든지 하는 생선을 먹는다더군. 그런데 그게 그냥 입에 넣기만 해도 침이 질질 흐를 정도로 맛이 좋다는 거야.

안나 안드레예브나 이이는 그저 툭하면 생선 이야기뿐이야! 저는 우리 집이 수도에서 첫째 가는 집이 아니면 싫어요. 그리고 제 방 안은 사향 냄새로 진동해야 해요. 이렇게 눈을 가리지 않곤 안으로 들 어설 수 없을 정도로 말예요. (눈을 감고 냄새를 맡는다.) 아아, 얼마 나 멋져요!

제2장

앞 장의 사람들과 장사치들

시장 아아! 안녕하시오, 여러분!

장사치들 (절을 하면서) 안녕하셨습니까? 나리!

시장 여러분 지내시기기 이띠시오? 징사는 질 되오? 이 사모바르(러시 아의 주전자) 장수, 포목 장수야! 어쩌자고 탄원서를 냈지? 이 거짓 말쟁이들아, 불한당, 해적놈들 같으니라고! 그래, 고소를 해? 어 때? 그래서 뭐 잔뜩 덕이라도 봤나? 그렇게 하면 날 감옥에 처넣을 수 있을 거라고 생각했던 거야? 이놈들아, 알기나 해, 이 멍청이, 악마, 바보, 천치들아……

안나 안드레예브나 어쩜, 이봐요, 안톤. 당신 무슨 말을 그렇게 함부로 하세요!

시장 (불만스럽게) 이런 판에, 말 따위가 문제야? 알고나 있어, 이놈들아. 네놈들이 나를 고해바친 바로 그 관리와 우리 딸과 결혼을 하신단 말이야. 어때? 응? 할 말 있어? 이번에야말로 네놈들에게 맛을 보여줄 테다! 세상을 속이기나 하고서…… 정부 일을 청부 맡으면, 썩은 나사를 납품하고서 10만 루블씩이나 속여먹고, 그러고서 겨우 20아르신만 갖다 주고는, 그래, 고맙다는 인사까지 하게 할 참이었지? 이놈들아, 만일 이것이 들통나는 날엔 네놈들은 어떻게 되는 줄이나 알아? 혼쭐이 날 줄이나 알란 말이야. 그리고 배때기를 죽 내밀고는, 난 장사치올시다, 날 건드리지 마시오라는 듯한 얼굴을 하고 있으니. "우리들도 귀족과 진배없다."고 떠벌리고 다니지만, 흥, 네놈들이 귀족이라고? 이 못난 녀석들아! 귀족이란 건 말이지 학식이 있어야 한단 말이다. 비록 학교에서 매를 맞는 일이 있기는 하지만, 그건 유익한 걸 터득하기 위해서란 말이야. 그런데 네놈들은 뭐야? 다른 사람을 속이는 일이 수업의 시초가 아니냔 말이야. 네놈들은 잘 속이지 못한다고 해서 주인에게 얻어터지질 않느냐 말이다. '하늘에 계신 우리 아버지여!' 하는 주기도문도 외우기 전에 벌써 사람을 속이려 들다니. 그렇게 해서 배가 나오고 호주머니가 두둑해지면 점점 으스대기 시작하는데! 쳇! 네놈들은 도대체 어디에 사는 뉘라는 양반이란 말이냐! 이놈들아, 사모바르를 하루에 열여섯 번 비운다는 게(상담을 하면서 16회나 사모바르를 비운다. 즉 거래가 많음을 뜻함.) 그렇게 장한 거냐? 난 네놈의 그 잘난 체하는 얼굴에다 침이라도 뱉어 주고 싶구나!

장사치들 (굽실거리며) 저희들이 잘못했습니다, 안톤 안토노비치 시장님!

시장 고소를 해? 네놈의 사기를 도와주었던 게 누군데! 네놈이 다리를 놓을 때 100루블도 하지 않는 재목 값을 2만 루블로 써 놓아도 눈감아 주었던 게 누구야, 바로 나란 말이야, 이 염소수염 같은 새끼야! 그걸 잊어버렸어? 내가 그걸 밝혀내어 네놈을 시베리아로 추방하는 것쯤은 식은 죽 먹기야. 어때? 뭐 할 말 있어? 응?

장사치의 하나 정말로 저희들이 잘못했습니다. 안톤 안토노비치 시장님! 저희들이 죽으려고 환장을 한 겁니다. 앞으로 두 번 다시 고소 같은 건 하지 않겠습니다. 무엇이든지 하라는 대로 하겠습니다. 제발 화만은 내지 말아 주십시오!

시장 화내지 말라고? 그리고 왜 지금 네놈들이 내 발 밑에서 기고 있지? 왜 그렇지? 내가 이겼기 때문이야. 하지만 만일 조금이라도 네놈들에게 승산이 있어 봐, 이 악당들아! 네놈들은 나를 진흙탕 속에다 처넣고 그 위에 통나무를 얹어놓았을 게 뻔해.

장사치들 (무릎을 꿇고 절을 한다.) 살려주십쇼, 안톤 안토노비치 시장님!

시장 살려주십쇼! 이번엔 살려주십쇼인가? 하지만 좀 전엔 어땠지? 난 네놈들을…… (한쪽 손을 흔들며) 아무튼 좋아, 하느님께서 용서해 주실 것이다! 그럼 됐어! 난 언제까지고 원한을 품고 있지는 않아. 다만 이번에야말로 조심하라고, 알겠나? 난 딸을 이 근처의 하잘것없는 그런 귀족에게 시집을 보내는 게 아니야. 그러니까, 결혼 축의로 말이야…… 알았어? 건어라든가 설탕 꾸러미 정도로 어물어물 때워 넘기려 들었다가는 이야기가 달라져…… 자, 냉큼 나가봐! (장사치들 퇴장)

제3장

앞 장의 사람들, 암모스 표도로비치, 아르체미 피립포비치, 뒤이어 라스타코프스키

암모스 표도로비치 (문간에서) 아니, 이 소문이 정말입니까, 안톤 안토노비치 시장님? 대단한 행운이 굴러들어왔다고요.

아르체미 피립포비치 대단한 행운을 축하합니다. 저는 이 이야기를 듣고 진심으로 기뻤습니다. (안나 안드레예브나의 손으로 다가가며) 안

나 안드레예브나 부인! (마리야 안토노브나의 손으로 다가가서) 마리
야 안토노브나! 축하해요!

라스타코프스키 (등장) 안톤 안토노비치 시장님, 축하합니다. 당신과 신
랑 신부의 장수와 아울러 자손의 번영을 기원합니다! 안나 안드레
예브나 부인, (그녀의 손으로 다가간다.) 마리야 안토노브나! (그녀의
손으로 다가간다.)

제4장

앞 장의 사람들, 코로브킨 부부, 류류코프

코로브킨 축하합니다, 안톤 안토노비치 시장님! 안나 안드레예브나 부
인! (그녀의 손으로 다가간다.) 마리야 안토노브나! (그녀의 손으로 다
가간다.)

코로브킨의 아내 새로운 행복을 진심으로 축하합니다, 안나 안드레예
브나 부인.

류류코프 축하합니다, 안나 안드레예브나 부인! (그녀의 손으로 다가간
다음 관객 쪽을 바라보며 방자한 태도로 혀를 찬다.) 마리야 안토노브
나! 축하합니다. (그녀의 손으로 다가가서 관객 쪽을 바라보며 역시 방

자한 태도를 보인다.)

제5장

프록코트와 모닝코트를 입은 손님들이 먼저 안나 안드레예브나의 손으로 다가가서 "안나 안드레예브나 부인" 하고 말한 다음에 마리야 안토노브나에게 다가가 "마리야 안토노브나"라고 말한다. 보브친스키와 도브친스키가 사람들을 헤치며 나온다.

보브친스키 축하합니다.
도브친스키 안톤 안토노비치 시장님, 축하합니다.
보브친스키 일이 참 잘되었습니다.
도브친스키 안나 안드레예브나 부인!
보브친스키 안나 안드레예브나 부인!

두 사람, 동시에 다가가 손에 키스를 하려다 이마를 맞부딪친다.

도브친스키 마리야 안토노브나! (그녀의 손으로 다가간다.) 축하합니다. 당신은 대단히, 대단히 행복하게 될 거예요. 번쩍번쩍 빛나는 옷을 입고, 맛있는 수프를 드시게 되고, 아주 즐거운 나날을 보내실 겁니다.

보브친스키 (말을 가로막으며) 마리야 안토노브나, 축하합니다. 하느님 께서 당신에게 온갖 축복을 내려 주시기를 빕니다. 산더미 같은 금화며, 귀여운 첫아들을, 요런 (손으로 크기를 나타내 보이며) 귀여 운 손바닥에 올려놓을 수 있을 만한, 그래요! 하지만 애기는 줄곧 응애응애 하고 울어댄다고요.

제6장

아직도 축하인사를 하는 많은 손님, 루카 루키치 부부

루카 루키치 축하합…….

루카 루키치의 아내 (앞으로 달려나오며) 축하합니다, 안나 안드레예브나 부인! (서로 키스를 한다.) 전 정말 기뻤어요. "부인께서 이번엔 따 님을 출가시키신다." 하기에 말이에요. 전 "어머니, 침 갈됐이!" 하고 어찌나 기뻤던지, 저의 주인 양반에게 "여보, 루칸치크, 부 인은 얼마나 행복할까요!" 하고 말했답니다. 저는 "정말 고마운 일이야!" 하고 생각하고는 저의 주인에게 "난 너무 기뻐서 부인을

뵙고 축하를 드리지 않고는 마음이 가라앉지를 않겠어요." 하고
말했지요. "정말이지! 부인께선 전부터 따님에게 좋은 신랑감이
나서기를 그렇게도 바라셨었는데, 마침내 이처럼 좋은 분이……
소원하신 대로의 행운이."라고 생각하니, 정말 뭐라고 말할 수 없
을 만큼 기뻤답니다. 눈물이 나기까지 해서 그만 소리 내어 울고
말았답니다. 그러자 주인 양반이 "나스첸카, 왜 그렇게 울고 있는
거요?" 하고 묻질 않겠어요. 그래서 "루칸치크, 나 자신도 모르겠
어요. 눈물이 그냥 이렇게 냇물처럼 흐르지 뭐예요." 하고 말했지
뭐예요.

시장 자, 여러분, 자리에 좀 앉으시지요. 이봐, 미슈카. 여기에 의자를
더 가져와.

손님들 앉는다.

제7장

앞 장의 사람들, 경찰서장, 순경들

경찰서장 축하드립니다, 각하! 오래도록 행운이 깃들기를 바랍니다.

시장 고맙소, 고마워. 자, 좀 앉으시오, 여러분!

손님들 앉는다.

암모스 표도로비치 그러나 안톤 안토노비치 시장님, 이건 도대체 이야 기가 어떻게 진전된 것입니까? 자초지종을 모두 얘기해 주십시 오.

시장 그 일이 참으로 별난 거여서 말이야. 그분께서 직접 청혼을 하셨 단 말이야.

안나 안드레예브나 정말로 공손하고, 다시없이 우아한 모습으로 말이 에요. 그야말로 훌륭한 표현으로 말이에요. "안나 안드레예브나, 오직 아름다운 성품에 대한 존경의 마음으로……" 하면서. 아름 답고 교양이 있는 우아한 분이시라고요…… "만나 주시겠습니 까, 안나 안드레예브나. 저에게 이 목숨은 1코페이카의 가치밖에 없습니다. 저는 다만, 당신의 비길 데 없는 인품을 존경하고 있는 것입니다."라고 말씀하시지 않겠어요.

마리야 안토노브나 어머나 엄마! 그건 그분께서 제게 한 말이에요.

안나 안드레예브나 잠자코 있어, 넌 아무것도 모른단 말이야. 제 일도 아닌데 말참견을 하고 나서는 게 아냐! "안나 안드레예브나, 전 다만 놀랄 뿐입니다……." 이런 겉치레 말을 해대지 않겠어요. 그래서 제가 "저희들은 결코 그와 같은 영광을 바라지는 않습니다."
라고 말씀드리려 했더니, 갑자기 그분께서 무릎을 꿇으시고 정말
품위 있게 "안나 안드레예브나, 저를 불행한 인간으로 만들지 말
아 주십시오! 저의 애정을 받아 주실 것을 승낙해 주십시오. 그렇
잖으면 전 죽음으로써 스스로의 목숨을 끝낼 뿐입니다."라고 말
씀하시지 않겠어요.

마리야 안토노브나 정말이에요, 엄마. 그건 그분께서 제게 하신 말이라
니까요.

안나 안드레예브나 그래, 물론이야. 너에 대한 것이기도 하지. 내가 언
제 그렇지 않다고 했니?

시장 아니, 정말 깜짝 놀랐다니까. 자살을 하시겠다고 해서 말이야. "자
살합니다, 자살합니다." 하고 말이야.

대부분의 손님들 아, 그랬습니까?

암모스 표도로비치 원, 별일도 다 있군!

루카 루키치 이건 정말 운명이라고 보아야 해.

아르체미 피립포비치 자네, 그건 운명이 아니야, 운명이란 변덕스러운
거야. 평소의 공적이 그것을 가져다 준 거야. (방백) 이런, 돼지 같
은 녀석의 입에는 곧잘 진주가 굴러드는 법이라고 하더니!

암모스 표도로비치 저, 안톤 안토노비치, 흥정이 있었던 그 개 말이에
요. 팔도록 하겠습니다.

시장 아니, 지금 개 따위를 생각하고 있을 때가 아니야.

암모스 표도로비치 그럼, 싫으시다면 다른 것으로 말씀하십시오.

코로브킨의 아내 정말이지, 부인, 저는 부인의 행복을 정말 기쁘게 생각한답니다!

코로브킨 그 손님께선 지금 어디에 계시는지요? 뭔가 볼일이 있어 떠나셨다고 들었습니다만…….

시장 그래요, 그분께선 아주 중요한 볼일이 있어 하루 예정으로 떠나셨소.

안나 안드레예브나 백부님 댁에 축복을 받으러요.

시장 축복을 받으러 말이야. 하지만 내일은…… (재채기를 한다. 축하의 목소리가 웅성거린다.) 아, 고마워요! 내일이면 그분은 돌아와서……. (재채기를 한다. 축하인사의 웅성거림, 그 가운데서 다른 목소리가 한결 강하게 들린다.)

경찰서장의 목소리 건강을 축원합니다. 각하!

보브친스키 목소리 백 년의 장수와 금화가 가마니로 생기시길 빕니다.

도브친스키 목소리 천 년이라도 오래 장수하시기를!

아르체미 피립포비치 목소리 너 같은 놈은 뒈져버려!

코로브킨의 아내 목소리 에이, 빌어먹을!

시장 정말 고맙소. 여러분들도 다 같이 축복받기를 바랍니다.

안나 안드레예브나 저희들은 이번 기회에 페테르부르크에서 살 생각이에요. 여기는 정말이지 분위기가, 그…… 너무 촌스러워서 말예요……. 사실 이제 와서 하는 말이지만 이때까지 죽 살아오면서 굉장히 불쾌했어요. 그리고 제 남편도, 거기 가서 대장의 직위를 곧 받게 될 거라서요.

시장 그렇습니다, 여러분. 실은 말이에요, 난 대장이 되고 싶어 못 견딜 지경이라오.

루카 루키치 그렇게 되시길 빕니다!

라스타코프스키 인간의 힘으론 불가능한 일도 하느님이라면 뭐든 가능하지요.

암모스 표도로비치 커다란 배에는 커다란 항해(러시아의 속담)가 필요하다 하지 않습니까.

아르체미 피립포비치 공적에 걸맞은 명예지요.

암모스 표도로비치 (방백) 만일 정말로 대장이 되었다간, 그야말로 가관일 게야! 이놈이 대장이라니, 이건 암소 등에 안장을 올려놓은 격이지! 하지만 아직 먼 훗날 얘기일 거야. 세상엔 네놈보다 더 훌륭한 사람이 얼마든지 있거든. 아직 대장이 되진 않았지만 말이야.

아르체미 피립포비치 (방백) 체! 이 빌어먹을 자식, 벌써 대장이 다 된 기분이군! 하지만 어쩌면 대장이 되는지도 모르지. 저 새끼, 관록만은 아주 그럴듯하니까. (시장 쪽을 보며) 그렇게 되면 제발 저희들을 잊지 말아 주십시오, 안톤 안토노비치 시장님!

암모스 표도로비치 그리고 만일, 이를테면 공무로 사람이 필요하게 되면 저버리지 마시고 힘이 되도록 끌어주시기를!

코로브킨 내년에는 자식놈을 페테르부르크로 보내어 나라를 위해 일을 시켜야겠다고 생각하고 있는 터이오니, 아무쪼록 이 아비를 보아서도 잘 좀 돌봐주시기 바랍니다.

시장 그렇게 하도록 하지, 어떻게든 애써보지.

안나 안드레예브나 여보, 안토샤! 당신은 언제나 그렇게 쉽게 약속을 해 버리는군요. 우선 그런 걸 생각하고 어쩌고 할 겨를이 없다고요. 도대체 어쩌자고 그렇게 여러 가지 약속을 하시는 거예요. 이행도 못할 약속을.

시장 왜? 때로는 지킬 수도 있을 게 아니오?

안나 안드레예브나 그야 물론 그렇지요. 하지만 온갖 소인배를 일일이 돌봐줄 수야 없는 일 아녜요, 여러분.

코로브킨의 아내 말하는 걸 들으셨죠? 저 여자가 우릴 뭘로 보고 있는 걸까요?

여자 손님 저 여자는 언제고 저렇다니까요! 저 여잔 식탁 앞에 앉혀 놓으면 발까지 올려놓을 게 뻔해요.

제8장

앞 장의 사람들과 뜯어진 편지를 한 손에 들고 숨을 헐떡이며 뛰어들어오는 우체국장

우체국장 놀라운 사건이오, 여러분! 우리들이 검찰관으로 알고 있던 관리는 검찰관이 아니었소!

일동 뭐? 검찰관이 아니라고?

우체국장 검찰관이 다 뭡니까. 이 편지 좀 보세요.

시장 무슨 말을 하고 있는 거야? 도대체 무슨 말이야? 그건 무슨 편지야?

우체국장 그자 자신의 편지입니다. 우리 우체국으로 부치러 온 것입니다. 수신인의 주소를 보니까, 포치탐스카야 거리…… 본국통으로 되어 있지 않겠습니까. 저는 그만 눈앞이 아찔했어요. '아하, 이건 틀림없이 우편업무가 엉망인 것을 발견하고 그것을 당국에 보고하려는 것이로구나.' 하고 생각했기 때문이에요. 그래서 저는 굳게 마음먹고서 봉투를 열어 보았습니다.

시장 어떻게 자네가 그런 짓을……?

우체국장 저도 모르겠습니다. 어떤 초자연적인 힘이 저를 부추긴 겁니다. 저는 그 편지를 속달로 부칠 생각으로 이미 전령까지 부르려

했었습니다만, 이제껏 한번도 느껴보지 못했던 호기심이 저를 정복하고 말았던 것입니다. 참을 수 없다, 참을 수 없다는 목소리가 저를 자꾸자꾸 끌어당기는 것입니다. 한쪽 귀에서는 "이봐, 뜯었단 봐라! 넌 닭 모가지 비틀리듯 결딴나고 말 거야." 하는가 하면, 다른 한쪽 귀에서는 "뜯어라, 뜯어! 뜯어 버려라!" 하는 목소리가 들리는 것입니다. 그래서 겉봉을 뜯어 버렸습니다. 온몸의 혈관이 확 불타오르는 것 같았지요. 그리고 봉투를 뜯자, 이번엔 온몸이 오싹했죠. 정말 오싹했습니다. 손은 부들부들 떨리고, 주위가 캄캄해지더군요.

시장 어떻게 감히 그런 특명을 띤 분의 편지를 뜯어 볼 생각을 할 수 있지?

우체국장 그래요, 바로 그 점입니다요. 문제는, 그놈은 특명을 띠고 있지도 않거니와 대단한 놈도 아니라는 것입니다!

시장 그렇다면 도대체 뭐란 말인가?

우체국장 아무것도 아닙니다요. 어디서 굴러먹던 건지 모를 말 뼈다귀죠.

시상 (발끈 화를 내며) 뭐야, 아무것도 아니라고? 어떻게 자네가 감히 그분을 아무것도 아니라고 말할 수 있단 말인가. 더군다나 어디서 굴러먹던 건지 모를 말 뼈다귀라니? 자네를 체포하겠네.

우체국장 누가? 당신이?

시장 그래, 내가 말이야.

우체국장 그렇게는 안 되실 거예요.

시장 자네 알고 있나? 그분은 내 딸과 결혼하기로 돼 있어. 그리고 곧 있으면 나도 높은 지위에 오르게 된다 이 말이야. 그렇게 되면 난 자네를 시베리아로 추방할 수 있어.

우체국장 뭐라고요, 안톤 안토노비치 시장님! 시베리아라고요? 시베리아는 먼 곳이죠. 자, 그보다도 내가 이 편지를 어디 한번 읽어 드리지요. 여러분! 편지를 읽을까요?

일동 읽어 줘요. 읽어 줘!

우체국장 (읽는다.) "친애하는 도랴비치킨, 내 일신상에 참으로 묘한 일이 일어나 서둘러 몇 자 적어 자네에게 알리네. 여행 도중에 한 보병대위에게 돈을 완전히 털려 버렸어. 그래서 하마터면 여관 주인에 의해 감옥에 갇힐 뻔하게 되었지. 한데 뜻밖에 페테르부르크에서 익힌 언행과 옷차림 덕분으로, 온 시의 사람들이 나를 총독으로 잘못 안 것일세. 그래서 나는 시장 집에서 아주 쾌적하게 잘 지내게 되었네. 그 시장 마누라와 딸을 상대로 마음껏 노닥거리면서. 어느 쪽부터 손을 댈까 아직 정하지는 않았지만, 뭐 그 어미 쪽부터 먼저 건드릴까 생각하고 있는 중이야. 왜냐하면 이 여자는 무슨 짓이든 할 수 있을 것만 같거든. 기억하고 있겠지? 우리가 가난해서 옹색하게 지내던 때 말이야. 그리고 언젠가 우리가 고기만두를 먹고 나서 돈은 영국 국왕이 낼 거라고 말했다가 빵집 주인에게 내 멱살을 잡혔던 일을 기억하나? 그런데 지금은 전혀 그 반대야. 모두가 내가 원하는 대로 돈을 꾸어 준다네. 정말 놀랄 만큼 이상한 녀석들이야. 아마 자네 같으면 우스워 배꼽이 빠졌을 거야. 자네가 글을 쓰고 있다는 걸 알고 있어서 말인데, 이자들을 소재로 글을 한번 써보는 게 어때? 우선 첫째로 시장은 어리석기가 꼭 늙은 거세마 같고……."

시장 그럴 리가 없어! 그런 것이 거기에 씌어 있을 까닭이 없어!

우체국장 (편지를 보이며) 직접 읽어 보시지요!

시장 (읽는다.) "거세마 같은" 그럴 리가 없어! 이건 자네가 자네 손으로 쓴 거야.

우체국장 뭣 때문에 제가 쓰겠습니까?

아르체미 피립포비치 읽어 보게!

루카 루키치 읽어요!

우체국장 (읽기를 계속한다.) "시장은 어리석기가 꼭 늙은 거세마 같고……."

시장 빌어먹을! 두 번씩이나 되풀이해야 힐 건 뭐야! 마지 그런 짓을 해야 하기라도 하듯.

우체국장 (읽기를 계속한다.) 흠…… 흠…… "거세마도 우체국장도 동일한 호인이야." 아니, 녀석은 나에 대해서도 역시 무례하게 표현하고 있군.

시장 읽으라니까?

우체국장 하지만 뭣 때문에?……

시장 아니야, 제기랄, 기왕 읽기 시작했으니 끝까지 다 읽는 거야. 전부 다 읽어!

아르체미 피립포비치 어디 봅시다. 제가 읽지요. (안경을 쓰고 읽는다.) "우체국장은 우리 관청의 수위 미혜예프를 꼭 빼닮았어. 틀림없이 말단관리 녀석처럼 주정뱅이일 거야."

우체국장 (관객들을 바라보며) 흥, 코흘리개 망나니놈 같으니라고. 그런 녀석은 채찍으로 후려갈겨 줘야 해. 그 이상 좋은 건 없어!

아르체미 피립포비치 (읽기를 계속한다.) "자선병원장…… 음…… 음……." (머뭇거린다.)

코로브킨 자네는 왜 읽기를 멈추는 거야?

아르체미 피립포비치 응, 글씨를 잘 알아볼 수가 없어서……. 그건 그렇다 하더라도, 그놈이 형편없는 놈이란 건 확실해.

코로브킨 이리 주게! 내 눈이 확실히 나을 테니까! (편지를 쥔다.)

아르체미 피립포비치 (편지를 놓지 않으며) 아니야, 여기는 건너뛰어도 괜찮아. 그 다음은 잘 보이니까.

코로브킨 알고 있어. 어디 좀 보자고.

아르체미 피립포비치 그렇다면 내가 읽을게요. 그 다음은 잘 보이니까.

우체국장 아니야, 다 읽게! 앞은 전부 읽지 않았나?

일동 넘겨주어요. 아르체미 피립포비치, 편지를 건네주란 말이오! (코로브킨에게) 읽으시오!

아르체미 피립포비치 그럼. (편지를 건넨다.) 그럼, 어디…… (손가락으로 감추고) 여기서부터 읽어 주게.

일동 그에게로 다가간다.

우체국장 읽으라고! 읽어! 쓸데없는 짓 하지 말고 다 읽으라고!

코로브킨 (읽는다.) "자선병원장 재므랴니카는 흡사 두건을 쓴 돼지 꼴이야."

아르체미 피립포비치 (관객을 향해) 별로 우습지도 않네그려! 두건을 쓴 돼지라고? 세상에 두건을 쓴 돼지가 어디 있어?

코로브킨 (읽기를 계속한다.) "장학관한테는 썩은 양파 같은 냄새가 풍기고 있지 뭔가."

루카 루키치 (관객을 향해) 천만의 말씀, 양파 따윈 한번도 입에 대본 적이 없어. 원!

암모스 표도로비치 (방백) 다행히도 나에 대해선 얘기가 없군!

코로브킨 (읽는다.) "판사인……."

암모스 표도로비치 이거 안 되겠군! (보통의 목소리로 돌아와서) 여러분!

이 편지는 너무 길다고 생각해요. 이런 휴지 쪽지를 읽는다는 건 너무 어리석은 일이오.

루카 루키치 안 돼요!

우체국장 아니야, 읽으라고!

아르체미 피립포비치 그렇지 않아요, 어서 읽어요!

코로브킨 (계속 읽는다.) "판사 랴프킨챠프킨은 극도의 모베 톤(프랑스어로 천한 놈이라는 뜻)……" (읽기를 멈춘다.) 이건 분명히 프랑스어군.

암모스 표도로비치 무슨 뜻인지 알게 뭐야! 악당 정도라면 몰라도…… 어쩌면 더 나쁠는지도 모르지.

코로브킨 (읽기를 계속한다.) "하지만 모두들 너무나 친절하고 선량한 사람들이야. 그럼 안녕, 친애하는 토랴비치킨. 나도 자네를 본받아 문학을 하고 싶어졌다네. 이렇게 산다는 건 따분한 노릇이야. 결국은 마음의 양식이 절실해진다는 말이네. 정말이지 뭔가 고상한 일을 해야 할 것 같아. 내게도 편지를 주게나, 사라토프 현으로. 단, 포트카칠로프카 마을이야. (편지를 뒤집어 수신인을 읽는다.) 세이트 페테르부르크 본국가 97번 저택 후원 3층 오른쪽, 이반 바실리예비치 토랴비치킨 귀하."

부인의 한 사람 세상에 원, 이런 날벼락 같은 일이 어디 있담!

시장 아니, 이거 정말 야멸치게 당했는걸! 망했어, 망했어, 완전히 망했어! 사람의 얼굴은 보이지 않고 돼지 콧잔등만 보일 뿐······ 그 밖엔 아무것도 보이지 않아······. 불러와, 그놈을 불러오란 말이야! (손을 내젓는다.)

우체국장 무슨 수로 불러온단 말입니까! 일부러 역장에게 가장 좋은 삼두마차를 내 주라고 했는데. 게다가 빌어먹게도 가는 길마다 그렇게 하도록 미리 일러놨지 뭡니까.

코로브킨의 아내 아니, 정말 이게 무슨 난리람!

암모스 표도로비치 그런데 빌어먹을 놈, 여러분! 그놈은 제게서 300루블이나 꿔갔단 말이오.

아르체미 피립포비치 저한테서도 300루블.

우체국장 (한숨을 쉰다.) 아아! 제게서도 300루블!

보브친스키 전 표도르 이바노비치와 65루블을 꿔 주었는뎁쇼, 지폐로 말입니다. 그랬다니까요!

암모스 표도로비치 (아무래도 알 수 없다는 듯이 손을 벌리고) 이게 도대체 어떻게 된 거야? 도대체 어떻게 해서 이런 실수를 하게 된 거지!

시장 (자기 이마를 친다.) 어떻게 된 거지, 내가. 아니, 난 얼마나 바보스런 늙은이인가! 드디어 망령이 들고 말았구나, 이 멍청한 놈아! 30년 간이나 관리생활을 해 왔지만 단 한번도 장사치건 청부업자건 나를 속이진 못했어. 협잡꾼 중에서도 협잡꾼인 놈도 내 편에서 속여 주었는데, 세계를 도둑질하며 돌아다니는 늙은 너구리나 사기꾼조차

도 내가 모두 낚시로 낚아 올렸었는데. 현지사도 세 사람이나 속여

주었는데…… 현지사가 다 무슨 소용이야……! (손을 휙 내젓는다.)

현지사 따위의 얘기는 할 것도 없다…….

안나 안드레예브나 하지만 그럴 리가 없어요. 안토샤, 그분께선 마센카

와 약혼까지 했는걸요…….

시장 (매우 화가 나서) 약혼? 약혼을 했다고? 이 바보 천치야! 아니 내게

어떻게 약혼이란 말을 할 수 있느냐 말이야! (흥분해서) 자 봐, 보

라고! 온 세상 사람들이여, 기독교도여! 이 시장이 얼마나 창피를

당했는지를 모두들 봐 달라고! 난 바보야! 늙어빠진 지지리 못난

바보 녀석이야! (주먹을 불끈 쥐고 자기 자신을 윽박지른다.) 이 사자

코 녀석아! 그 추녀 끝의 고드름 같은 놈을, 걸레 같은 놈을, 높은

사람으로 잘못 보다니! 지금쯤 그놈은 방울을 울리면서 말을 달리

고 있을 테지! 온 세상 사람들에게 이 일을 떠벌리고 돌아다니겠

지! 그저 웃음거리가 되는 정도라면 어떻게 참을 수도 있겠지

만…… 시시한 문사나 어설픈 글쟁이가 나와서 나를 희극으로 꾸

밀 게 아닌가. 바로 그게 더 화가 난단 말이야! 지위고 신분이고

가차없겠지. 그리고 모두들 이를 드러내고 손뼉을 쳐대면서 웃을

테지! 뭣이 우습다는 건가? 비웃겠으면 자신을 두고 웃으라지! 에

잇, 괘씸한 놈들…… (분통이 터져 발로 마룻바닥을 찬다.) 어설픈 글

쟁이 놈들! 어느 놈이고 모두 내가 어떻게 하나 두고 봐라! 으으

윽! 그놈의 글쟁이! 저주받을 자유주의자 놈들! 악마의 종자 녀석
들 같으니라고! 네놈들을 모두 한데 묶어서 박살을 내고 말겠다.
그래서 악마의 옷 속에다 쑤셔 넣을 테다! 악마의 모자 속에 처넣
고 말겠다! (주먹을 휘두르고, 발뒤꿈치로 마룻바닥을 구른다. 잠시 침
묵한 다음) 아직도 난 정신을 차릴 수 없어. 하느님께서 벌을 내리
려 하실 때는 우선 먼저 분별력을 빼앗아 버리시는 것이리라. 아
니, 그래 도대체 그런 초라하기 짝이 없는 놈이 어디가 검찰관과
닮았다는 거야? 아무 데도 닮은 게 없어! 새끼손가락 절반만큼도
닮은 데라곤 없어! 그런데도 그걸 모두가 "검찰관이다, 검찰관이
다!" 하고는 난리를 부린 거야. 누구야, 도대체 그놈이 검찰관이
라고 맨 처음 나발을 불어댄 자가? 대답을 해!

아르체미 피립포비치 (두 손을 벌리고) 어째서 이런 일이 일어났느냐, 설
사 죽인데도 아무도 말할 수 없을 거야. 그저 안개 같은 것이 모두
의 머리를 멍하게 만든 거야. 귀신한테 홀린 거야.

암모스 표도로비치 누가 나발을 불어댔느냐고요? 그건 바로 이자들이
오, 이 선생님들······! (도브친스키와 보브친스키를 가리킨다.)

보브친스키 아녜요, 아녜요, 제가 아닙니다! 그런 건 생각해 보지도 않
았습니다.

도브친스키 전, 아무것도 절대로 아무것도······.

아르체미 피립포비치 자네들이야.

166

루카 루키치 그렇고말고. 미친놈처럼 여관에서 뛰어와서, "왔습니다, 왔습니다, 그리고 돈도 지불하지 않고 있습니다." 흥, 잘도 봤구나, 잘도 봤어!

시장 그래, 네놈들이야! 멍청한 소리를 떠벌리고 다녀가지고! 이 망할 놈의 거짓말쟁이들 같으니라고!

아르체미 피립포비치 너 같은 놈들은, 그 검찰관과 함께 허풍을 짊어지고 지옥으로나 썩 꺼져버려!

시장 온 동네를 싸돌아다니며 소동만 피우는 말썽꾸러기 놈, 거짓말쟁이, 꽁지 빠진 까치 같은 놈들 같으니라고!

암모스 표도로비치 빌어먹을 놈! 이 팔푼아!

루카 루키치 얼간이 천치!

아르체미 피립포비치 배만 나온 난쟁이 녀석들!

일동 두 사람을 둘러싼다.

보브친스키 아닙니다, 제가 그러지 않았어요. 표도르 이바노비치가 그랬습니다.

도브친스키 아녜요, 그렇지 않아요. 표도르 이바노비치, 자네가 먼저 그랬잖아…….

보브친스키 아냐, 그렇지 않아. 맨 처음 그랬던 것은 자네였어.

마지막장

앞 장의 사람들과 헌병

헌병 특명으로 페테르부르크에서 오신 관리께서 즉각 여러분을 출두
시키라고 하셨습니다. 그분께선 지금 여관에 계십니다.

이 말에 일동은 벼락을 맞은 듯이 놀란다. 경악의 소리가 부인들의 입에서
일제히 흘러나온다. 모두들 갑자기 위치를 바꾸고 화석처럼 굳어 버린다.

대사 없는 마지막장

시장은 두 팔을 벌리고 고개를 뒤로 젖힌 채 기둥처럼 한가운데에 선
다. 그 오른쪽엔 그의 아내와 딸, 온몸을 앞으로 내밀고 당장에라도 그
가 있는 쪽으로 달려갈 듯한 자세. 그들의 뒤에는 우체국장이 의문으
로 가득 찬 얼굴로 관객 쪽을 바라보고 있다. 그 뒤에 루가 루키치, 멍
연히 서서 자신은 전혀 죄가 없다는 듯한 얼굴을 하고 있다. 그 뒤의
무대 맨 가장자리에 세 부인, 시장의 가족들을 마음껏 비웃는 듯한 표
정을 띠고 서로 기대어 서 있다. 시장의 왼쪽엔 재므랴니카, 마치 무엇

인가에 귀를 기울이고 있기라도 하듯 약간 고개를 기울이고 있다. 그 뒤에 판사, 두 손을 벌리고 거의 땅바닥에 주저앉듯이 하고는 휘파람을 불기라도 하려는 듯, 또는 "할머니, 유리이의 날(11월 26일 농민의 자유를 잃게 한 날로써, '야단났구나!', '큰일이다!' 하는 뜻으로 통하게 됨)이 왔어요!" 하고 말하기라도 하려는 듯 입술을 움직이고 있다. 그 뒤에 코로브킨, 관객 쪽으로 얼굴을 돌리고는 한쪽 눈을 가늘게 뜨고 시장에게 신랄한 냉소를 보내고 있다. 그 뒤의 무대 맨 가장자리에 도브친스키와 보브친스키, 서로 마주보고서 손으로 움켜잡을 듯한 자세로 입을 벌린 채 눈을 부릅뜨고 서 있다. 일동은 화석처럼 1분 30초 정도 그대로 멈춰 있다.

막이 내린다.

고골리의 생애와 작품세계

〈**근대 러시아 사실주의 문학의 확립자**〉

러시아 리얼리즘 문학의 시조로 일컬어지는 고골리는 풍자와 해학, 그로테스크한 이야기 전개로 20세기 리얼리즘 문학의 초석이 된 작가이다. 고골리는 청년시절에 체험한 페테르부르크에서의 하급관리 생활을 통해 러시아 하층계급의 비참한 생활상과 상층계급의 비열한 가혹상을 피부 깊숙이 느낄 수 있었으며, 바로 그러한 실제적인 체험은 그의 작품 속에 설득력 있는 장면들로 용해되어 나타나고 있다.

고골리가 작품 속에 투영시킨 세계는 꿈과 현실이 상호 간의 경계를 무시한 채 아무렇게나 뒤얽혀 있는 세계로서, 리얼리티와 환상이라는 이중성을 내포하고 있다. 그리고 이러한 고골리의 문학관은 《초상화》, 《광인일기》, 《네프스키 거리》, 〈코〉, 〈외투〉 등 이른바 '페테르부르크 소설'이라고 하는 일련의 그의 작품들에서 잘 나타나 있다. 서구적인 요소와 러시아적인 요소가 공존하며, 사회·경제적 풍요로움으로 인한 현란하고 세련된 외관 속에 빈곤, 야만성, 음울함이라는 어두운 속성을 감추고 있는 페테르부르크의 현실은 바로 고골리가 그리고자 했던 인간 세계의 한 축소된 표상이었다. 고골리는 현실과 환상이 공존하고, 모든 것이 뒤죽박죽인 채 어수선하고, 최소한의 질서나 균형마저도 상실한 혼돈의 세계를 페테르부르크라는 이중의 무대를 배경으로 펼쳐 보였다.

고골리가 활약한 19세기의 1840년대는 러시아 문학사뿐만 아니라, 세계 문학사에서도 이른바 '고골리의 시대'로 불리고 있다. 1840년대 러시아 문학은 농노제의 죄악을 하나하나 비판하고 드디어는 이러한 제도 전체의 부정을 심판해야 한다는 현실주의적 방향으로 이해하고 있었으며, 고골리의 작품은 바로 그와 같은 새로운 단계로 이행하고 있음을 의미하는 것이다.

고골리는 러시아 소설문학 분야에서 푸슈킨의 직접적인 후계자라 할 수 있다. 고골리는 푸슈킨에 대한 회상록에서 "푸슈킨의 조언이 없었더라면 나는 무엇 하나 고찰해 낼 수도 없었으며 쓸 수도 없었을 것이다."라고 고백한 바 있는데, 이처럼 고골리에게 푸슈킨의 문학은 하나의 이정표이며 이상이었다. 그렇다고 해서 고골리가 푸슈킨의 모방

자는 아니었다. 고골리 문학 특유의 해학성, 이른바 '눈물 속의 미소'
라고 하는 풍자성은 숭고한 이상에 대한 직접적인 호소가 아니라, 추악
한 것에 대해 무감각해지려는 독자의 마음에 경종을 울리는 것이었다.

푸슈킨이 아름답고 시적인 면에 보다 많은 주의를 기울인 데 비하여
고골리는 일상의 구체성 속에서 추악하고 천박하며 우스꽝스런 것들
을 예리하게 주목하여 이를 확대시켜 묘사하였다. 고골리의 작품이 지
니는 의의는 국민의 이익에 반대되는 모든 것을 부정의 색채로 묘사함
으로써, 아름다운 것에 대한 긍정과 이상에 대한 동경을 불러일으켰다
는 것이다.

푸슈킨을 대신하여 새로운 시대의 희망의 별이 되었던 고골리는 보
수파와 급진파, 슬라브파와 서구파에게 똑같이 환영을 받았고, '러시
아 문학에서 고골리의 시대'라는 표현이 나올 정도로 한 시대의 상징
이 되었다.

고골리는 푸슈킨보다 10년 아래로, 고향인 우크라이나에서 페테르
부르크로 나왔을 때엔 이미 푸슈킨 시대의 사람들이 누리던 정치적 자
유라는 이상은 사회 표면에서 사라진 뒤였다. 당시 고골리는 어머니에
게 보낸 편지에서 "국민들에게서 정신저 광채란 찾아볼 수 없으며, 모
든 사람들이 각자의 직업과 관청에 대한 이야기만 할 뿐"이라고 썼다.
고골리는 그 정신적 광채를 사람들에게 되살려 주어야 한다는 도덕적
사명감을 갖고 평생 문학에 전념했다. 그가 최초로 문명을 떨친 것은

다채로운 민속문학으로써 그때까지 러시아에서는 그 예를 찾아보기가 드물었던 자유분방하고 명랑한 우크라이나의 민속 이야기 《디칸키 근교 야화》(1831년)부터였다. 그 후로 《아라베스크》, 《미르고로트》의 작품을 낸 고골리는 그의 걸작 희곡인 《검찰관》(1836년)을 발표하면서 작가로서의 확고부동한 위치를 차지하게 되었다.

〈우크라이나의 자연 속에서 탄생한 고골리의 문학〉

근대 러시아 사실주의 문학의 확립자로 일컬어지는 니콜라이 바실리예비치 고골리(Nikolai Vasil'evich Gogol)는 1809년 4월 1일(옛 러시아 연력 3월 20일), 러시아 남부 우크라이나의 볼타바 현 미르고로트 군 소로친치 마을에서 태어났다.

고골리의 아버지는 카자흐 족의 혈통을 이어받은 유복한 소지주로서 연극을 매우 좋아했으며, 실제로 몇 편의 희곡을 쓰기도 한 어느 정도 예술적 기질이 있는 사람이었다. 고골리는 아버지로부터 문학적 재능을 이어받았는데, 그와 함께 병약한 신체도 물려받았다. "나의 아버지도 신체가 허약한 사람이었는데, 특별히 지병이 있었던 것은 아니었지만 체력이 약했기 때문에 젊어서 일찍이 세상을 떠났다."라고 후년에 고골리가 말했듯이, 고골리는 아버지를 닮아 태어나면서부터 허약한 체질이었다. 이러한 허약한 체질과 그로 인해 평생을 따라다녔던 죽음의 예감은 작가 고골리의 불행하면서도 비극적인 운명의 씨앗이 되었다. 고골리의 11명의 형제들(남동생 5명, 여동생 6명) 중에서 성인으로 자란 사람은 고골리와 여동생 4명뿐이었다는 것을 보더라도 고골리의 가계는 매우 몸이 약했던 듯하다.

어머니는 신앙심이 두터운 경건한 여성이었다. 결혼 초기에 교회가 없던 남편의 영지에 소지주로서는 무리한 일이었음에도 불구하고 교회를 세우게 했다. 어머니는 맏아들인 고골리를 데리고 교회에 다닌다든지 최후의 심판에 관한 이야기를 들려주고는 했는데, 고골리가 만년에 종교의 세계에 심취하게 되었던 것은 어린시절에 어머니의 신앙심에 깊은 영향을 받았기 때문이다.

고골리는 영웅적인 전통, 전설, 춤, 익살스런 유머가 있고 아름다우며 한가한 시골의 자연에 둘러싸인 아버지의 영지에서 비교적 유복하고 평화로운 어린시절을 보냈다. 우크라이나의 신비스런 자연과 그에 얽힌 전설, 시골 사람들의 풍습은 훗날 고골리의 작품세계에 깊은 영향을 주게 되었다.

1818년 9세의 고골리는 동생 이반과 함께 볼타바 군립학교에 들어가게 되는데, 이듬해 동생의 갑작스런 죽음으로 심한 충격을 받고, 병에 걸린 고골리는 집으로 돌아와 요양을 하게 되었다. 병약한 몸과 연이은 가족들의 죽음으로 인해 고골리는 고통스러운 자의식과 무한한 야망이 뒤섞인 어둡고 음침한 성격으로 변해갔다.

고골리는 1821년 12세 때에 귀족의 자녀들을 위해 개설된 네진 시의 9년제 중학교에 들어갔는데, 이 시절에 이미 문학에 대한 재능과 연극이나 미술에 대한 소질이 보이기 시작했다. 그는 이 무렵에 친척인 트로시친스키 가의 서가에 꽂힌 책을 자주 이용하는 등 독서에 굉장한 흥미를 나타내기 시작했다. 트로시친스키 가에는 모스크바와 페테르부르크에서 여러 손님들이 방문하여 문화적인 분위기를 자아내고 있었는데, 이곳에서 소년 고골리는 그 문화적 분위기를 흡수하며 갖가지 교양을 쌓을 수 있었다. 그리고 학교에서는 친구들과 어울려 푸슈킨, 주코프스키, 영국의 시인 바이런 등 낭만주의 작가들의 작품을 주로 탐독했으며, 나아가 예술 동인잡지인 〈즈베즈다〉를 발행하고 학교 연극을 위해 몇 편의 희곡을 쓰기도 했다. 이 학교는 그에게 있어 마치 차루스코에셀로의 리체이(귀족의 자녀들을 위한 학교)와 같은 역할을 했다. 고골리는 또한 뛰어난 희극배우로서의 자질도 갖추고 있었다. 그는 학창시절에 시와 극, 소설 등을 모두 합쳐서 적어도 5편 정도의 작품을 쓴 것으로 알려져 있다. 하지만 그 작품들의 내용이 어떤 것이었는지에 대해서는 정확히 알려진 것이 없다. 당시 고골리는 문학과 연극에 열중하기는 했으나, 확실하게 작가가 되어야겠다는 의지는 갖고 있지 않았다. 그보다는 국가에 봉사할 수 있는 일, 특히 관청이나 사법기관과 같은 곳에서 일하고 싶어 했다. 그는 인류에게 진정으로 공헌할 수 있는 일, 선행을 베풀 수 있는 일, 사회의 정의와 선을 위해서 할 수 있는 일이 무엇일까를 고민했다.

고골리는 16세 때에 아버지가 세상을 떠나자, 장남으로서 자활의 길을 찾기 위해 1828년 중학교를 졸업한 뒤 새로운 생활의 꿈을 안고 페테르부르크로 갔다. 그러나 꿈에 그리던 이상의 도시 페테르부르크에서의 생활은 지방출신의 외로운 청년에게는 너무나 낯설고 매서운 것이었다.

뛰어난 희극배우로서의 자질을 갖추고 있던 그는 그곳에서 연극과 문학에 비상한 정열을 불태웠으나, 직업적인 배우가 되려던 노력은 실패로 끝났다. 또한 직업을 구하고자 하였으나 그 일도 제대로 이루어지지 않았다.

그 무렵 고골리는 삶의 방편을 찾기 위해 'V. 알로프' 라는 필명으로 중학교 시절에 써 놓았던 유머러스하고 낭만적인 전원시 〈간츠 큐헬리가르텐〉을 자비로 출판했다. 이것은 독일의 시인 포스의 서사시인 〈루이제〉의 영향을 받은 목가적이고 낭만주의적인 짧은 서사시였는데, 불행히도 평론가들의 혹독한 악평으로 그는 서점에 있는 책까지 되찾아 불태워 버렸다. 그러나 낭만적인 환상과 유토피아적인 가부장적 전원의 복가 사이에서 머물고 있는 듯한 느낌을 주는 이 작품은 실패작이기는 해도 훗날 고골리의 문학의 중심적 주제를 암시하고 있었다. 신경이 예민하고 병약했던 고골리는 그러한 불행에 낙담하고 페테르부르크를 떠나 독일과 북유럽 등지로 외국 여행을 떠났다. 당시 절망한 고골리는 행복과 풍요로운 노동의 땅, 미국으로 이주하려는 유토피아적 몽상을 안고 스웨덴까지 갔다가 되돌아오기도 했다. 이후에도 고골리는 생활이나 창작이 여의치 않을 때면 외국으로의 탈출을 시도하곤 했다. 그는 국외를 세 번 여행했고, 10년 이상을 외국에서 지내게 되었다.

여행에서 돌아온 고골리는 간신히 내무성의 하급관리로 취직을 했으나, 거만한 관리들의 모습에 환멸만을 경험했을 뿐, 빈궁하고 구차스런 생활은 계속되었다.

〈작가로서의 출발과 푸슈킨과의 만남〉

페테르부르크에서의 고단한 생활 속에서도 고골리의 문학적 정열은 사그라지지 않았다. 오히려 삶의 고단함은 문학에 대한 열정과 신념을 더욱 크게 해 주었다. 특히 두 달간의 외국여행은 고골리의 마음을 안정시켜 주었으며, 문학에 전념할 수 있는 힘을 되찾게 해 주었다.

1830년 봄, 고골리는 〈조국 잡기〉지에 고향인 우크라이나의 이야기를 담은 첫 단편소설 〈비사브류크, 혹은 이반 쿠팔라 축제의 전야〉(1830년)를 서명 없이 발표했다. 이반의 날과 쿠팔라 축제에 얽힌 설화와 전설을 바탕으로 페트로와 피도르카라는 젊은 남녀의 사랑 이야기를 다루고 있는 이 작품에는 마법사, 환영, 유령, 사자死者, 숨겨진 보물 등 우크라이나의 민속적인 소재가 가득 담겨 있다.

이 작품은 푸레트뇨프, 주코프스키, 젤리비크 등의 평론가들로부터
주목을 받았고, 고골리의 이름은 서서히 알려지기 시작했다. 그리고
이듬해 1831년에는 이 작품이 인연이 되어 당대 최고의 국민시인이자
작가였던 푸슈킨을 알게 되어 문학에 전념할 결심을 하게 된다. 푸슈
킨과의 이 행운의 만남은 작가 고골리의 생애에 있어서 매우 결정적인
사건이었다. 이후 10년 연상이고 이미 최고의 시인이었던 푸슈킨과 고
골리와의 사이에는 기묘하면서도 친밀한 사제관계가 이루어졌으며,
푸슈킨이라는 위대한 작가가 없었더라면 고골리라는 불후의 작가 또
한 문학사에 탄생하지 못했을 정도로 그 영향은 지대했다. 고골리의
위대한 명작인 《검찰관》과 《죽은 혼》의 테마는 푸슈킨에게서 영감을
얻어 완성된 작품들이다.

1831년 고골리는 〈이반 쿠팔라 축제의 전야〉를 포함해 우크라이나
의 역사와 전설, 풍습 등에 관한 첫 작품집인 《디칸키 근교 야화 》 제1
부를 발표했다. 《디칸키 근교 야화》(제2부는 이듬해인 1832년에 출판됨)
는 전래하는 우크라이나 민화를 중심으로 전설이나 옛날이야기에 생
기 넘치는 묘사와 구성을 더해 엮은 낭만주의의 향기가 풍부한 단편
집이다. 《디칸키 근교 야화》는 상·하 2부, 8편의 이야기로 구성되어
있는데, 〈소로친츠의 장날〉, 〈이반 쿠팔라 축제의 전야〉, 〈5월의 밤,
또는 익사한 여자〉, 〈잃어버린 편지〉 등 4편으로 구성된 제1부와, 〈크
리스마스 전야〉, 〈무서운 복수〉, 〈이반 표도로비치 쉬포니카와 그의

숙모〉, 〈마법에 걸린 토지〉의 4편으로 구성된 제2부로 되어 있다. 그 중 〈이반 표도로비치 쉬포니카와 그의 숙모〉 한 편을 제외하고는 대부분 악마가 등장하는 일종의 괴기적 설화이다. 그러나 환상적이고 괴기한 이야기가 일종의 사실적인 필치로 매우 소탈하게 묘사되어 있다는 점에서 고골리의 독특하고 참신한 면모를 느낄 수 있다.

우크라이나의 민간전승문학이 바탕이 된 상쾌하고 환상적인 이야기들로 구성되어 있는 이 작품집은 우크라이나 인형극의 영향과 더불어 티크, 호프만 등 독일 낭만주의의 영향을 받아 이루어졌다. 악마의 인간세계에 대한 간섭도 우스꽝스러운 요소가 많고, 웃음의 성질도 그의 후기작품과는 달리 순수 소극적인 전통을 따르고 있다.

이 초기작품들에는 비록 아직 뚜렷하게 나타나 있지는 않지만 후기의 고골리 문학세계를 관통하는 주제들, 즉 이 세계는 단일의 세계가 아니라 빛과 선이 지배하는 세계와 인간을 파멸로 이끌어가는 악마·악령의 세계와의 싸움이라는 것, 그래서 정기의 세계와 광기의 세계는 밀착되어 있어 서로 떼어놓을 수 없다는 주제가 일관되게 다루어지고 있다.

이 작품집이 출판되자 푸슈킨에게서 '유연하고 순박하며 참된 즐거움, 그리고 훌륭한 시와 아름다운 감수성이 흘러넘친다.'고 격찬을 받았다. 또한 당대의 유명한 비평가인 벨린스키로부터도 '이것이야말로 새로운 향기, 사랑의 키스와도 같은 감미로운 청춘의 노래'라는 찬사를 받았다. 고골리는 작가로서 널리 이름이 알려지게 되었으며, 스스로도 작가로서의 자신감을 지니게 되었다.

작가로서의 명성을 얻기 시작한 고골리는 계속해서 소설을 구상하는 한편, 역사에 대한 관심도 많아져 푸레트뇨프의 알선으로 귀족 자녀들의 교육기관인 애국 여자학원의 역사 교사로 일하게 되면서 관리로서의 생활을 그만두고 역사가로서의 뜻을 세우고자 했다. 이 무렵 고골리가 역사에 대한 관심이 많았던 이유는 1832년 10월에 모스크바에서 우크라이나 출신의 역사가이며 인류학자인 막시모비치와 알게 되어 그 영향을 받았기 때문이었다. 그리고 얼마 후에는 〈세계사 강의 초안〉, 〈우크라이나사史 개요〉, 〈중세에 관해서〉 등의 논문을 발표하기도 하며, 신설된 키예프 대학의 역사학 교수가 되었다. 1834년 7월, 다시 푸레트뇨프의 알선으로 페테르부르크 대학의 세계사 교수로 자리를 옮긴 고골리는 생활의 안정은 찾았으나, 더 이상 교수로서의 자신의 위치에 만족을 느끼지 못하고 오히려 교직에 있다는 사실에 고통스러움을 느끼게 된다. 결국 이듬해인 1835년, 그는 교수직을 사직하고 창작에만 전념하게 된다.

이 1834년에서 35년에 길친 기간은 고골리의 문학적 여정 중에서 가장 창작력이 왕성한 시기로, 고골리의 중기의 거의 모든 주요작품들이 이 기간 동안에 집필, 완성되었다. 이들 중기의 작품들은 낙천적인 분위기를 특징으로 한 초기의 작품들과는 달리, 고골리의 독특한 눈물을 통한 웃음과 사실주의적인 묘사가 두드러지게 드러나 있어 작가로서의 고골리의 역량이 크게 성장했음을 보여 주고 있다. 이들 작품에는 추악한 현실세계에 대한 증오와 풍자가 깃들어 있으며, 동시에 그 이면에는 공허하고 비속한 인간정신에 대한 절망과 공포 어린 비탄이 깊이 숨겨져 있다.

〈낭만과 비판정신이 어우러진 중기의 작품들〉

대학을 그만둔 고골리는 고향의 인상을 새롭게 하기 위해 그의 문학적 고향인 페테르부르크를 떠나 따스하고 시정이 넘치는 우크라이나로 돌아갔다. 그러나 오랜만에 돌아온 고향의 풍경과 인상은 그의 창작적 상상과는 너무나 동떨어진 것이었다. 그는 옹색하고 추한 세계의 무의미함, 생활의 천박함, 통속함에 절망했고, 이러한 심정의 결과로 생겨난 것이 고향의 지명을 제목으로 한 작품집 《미르고로트》(1835년)이다.

《디칸키 근교 야화》의 속편이라고 할 수 있는 이 작품집에는 중세 우크라이나 카자흐들의 용감하고 거친 생활과 투쟁을 다룬 낭만주의적인 역사소설 〈대장 불리바〉, 공포와 해학을 결합시킨 낭만적인 요괴 이야기 〈비〉 등이 있으며, 또한 무위도식하는 지주생활의 어리석음을 비난하는 〈옛날 지주〉나 〈이반 이바노비치와 이반 니키포르비치가 싸운 이야기〉 등과 같은 사실주의적인 묘사가 돋보이는 작품들이 실려 있다.

〈옛날 지주〉는 사랑하고 있는 두 늙은 부부의 '식물적'이라 할 만큼 습관적이고 울적한 생활이 야생화된 고양이의 침입에 의해서 무너져 가는 모습을 묘사한 것으로, 이 작품에서 고골리는 전원의 가부장적인 '식물적 유토피아'의 생활을 아이러니와 애정을 담은 눈으로 묘사했다. 〈대장 불리바〉는 우크라이나의 과거의 카자흐 혼魂에서 이상을 찾으려는 고골리의 시정이 여실히 나타나 있는, 월터 스콧 풍의 역사소설로써 카자흐의 생활 묘사가 생생하게 돋보인다.

〈비〉는 마녀와 땅의 영기靈氣가 등장하는 기괴한 소설인데, 명랑한 카자흐들의 '낮'의 세계와 요괴들이 나무하는 '밤'의 세계가 대치되어 공포와 유머라는 이질적인 두 요소가 환상적으로 융합되어 있다. '비'는 민중의 상상력이 낳은 땅속 괴물인데, 이 작품의 실제적인 소재의 근원은 주코프스키가 번역한 로버트 사우지의 작품이며, 민화에 자주 등장하여 독일 낭만파 작가들이 자주 묘사했던 '그놈(서유럽 신화에 나타나는 땅의 귀신으로, 땅속의 보물을 지키는 턱수염이 더부룩하고 흉한 요괴)'이 그 원형이다. 요괴 '비'의 두려움의 실체는 수족, 눈, 눈꺼풀이라는 인간의 생물학적 기관 자체가 과장된 모습인데, 얼마 후에 쓴 〈코〉의 소재가 인간의 생물학적 기관의 상실이라는 점에서 보이는 것처럼 고골리의 상상력의 특이성을 엿볼 수 있다. 〈비〉에 그려져 있는 신학생들의 떠들썩한 생활의 자연주의 묘사와 환상적이고 초자연주의적 요소의 혼합은 당시 낭만주의 문학의 특성이기도 하다.

〈이반 이바노비치와 이반 니키포르비치가 싸운 이야기〉는 사이가 좋았던 두 친구가 어떤 일을 계기로 하여 다투고 헐뜯게 된다는 우스꽝스러운 줄거리지만, 고골리 특유의 이야기 기법에 의해서 유머가 이루어졌다는 점이 돋보인다. 또한 이 작품집은 고골리 특유의 세속을 비웃는 듯한 강한 풍자적 분위기, 유머, 우울, 그리고 허무에 대한 병적인 공포가 느껴진다.

이러한 경향이 한층 뚜렷이 나타나 있는 것은 같은 해에 출판된 다른 작품집 《아라베스키》(1835년)이다. 《미르고로트》가 지방색이 짙은 우크라이나적인 소설이었던 반면에 '페테르부르크 소설'이라고 일컬어지는 이 작품집에는 〈네스프키 거리〉, 〈초상화〉, 〈광인일기〉 등의 작품들이 실려 있는데, 이들 작품들에는 기묘한 환상, 음울한 직감, 현실과 초자연의 결합이라는 고골리 작품의 특성들이 성숙하게 녹아 있다. 또한 이 소설들에는 악마적인 힘이 강력하게 작용하고 있는데, 신앙심이 깊은 어머니의 영향 밑에서 자랐던 고골리는 악마적 힘이 인간을 늘 위협하고 있다는, 중세로부터 민중 속에 깊이 뿌리내려온 감각에 지배되었던 것이다.

우크라이나에서 정치와 경제, 문화의 중심지라 할 수 있는 페테르부르크로 소설의 배경을 옮긴 고골리는 《아라베스키》에 포함된 작품들을 시작으로, 이후 〈코〉와 〈외투〉로 이어지는 페테르부르크의 가난한 예술가와 하급관리의 생활을 묘사한 '페테르부르크 소설'들을 잇달아 발표하게 된다. 이들 작품들은 러시아의 수도인 페테르부르크를 배경으로 한다는 점 이외에도 리얼리티와 환상의 이중성을 통해 독특한 고골리적 감각 세계를 실현시키고 있다는 점에서 공통점을 갖고 있다.

또한 이들 '페테르부르크 소설'에서 보이는 공통점은 언뜻 화려하게 보이는 수도의 생활에 대한 허망의 의식이며, 또한 사랑과 부에의 갈망으로 인한 인간의 파멸이라는 주제이다. 이것은 후에 도스토예프스키에 의해서 전개되는 이른바 '페테르부르크 신화'라는 주제로 더욱 확대된다. 고골리는 이들 작품들에서 '초자연적으로 치장한 일상'이라는 소설적 주제를 평범한 일상적 사건들을 통해 다루고 있다. 특히 이 작품집에 실려 있는 소설들은 현실감각이 짙은 풍자성을 특징으로 하는데, 고골리의 사실주의적 수법이 하나의 문학적 성과로서 나타나기 시작했다. 그리고 이러한 특징은 그의 매우 뛰어난 단편 〈코〉(1835년)에서 예술적 완성을 이룬다.

이 작품집에는 소설 외에도 문학, 미술, 건축, 역사에 대한 논문들이 실려 있는데, 이 논문들은 당시 고골리의 낭만주의 미학과 깊이 관련되어 있으며, 미적인 것의 운명에 대한 관심은 여기에 수록된 소설에 있어서도 중요한 테마로 되어 있다.

《아라베스키》와 《미르고로트》 두 작품집은 고골리의 문학적 명성을 확고하게 해 주었으며, 당시 문단에서 가장 큰 영향력을 행사하고 있던 급진적 사상가 벨린스키를 비롯해 여러 평론가들로부터 고골리야말로 진정한 국민문학 창조의 주역이라는 찬사를 듣게 해 주었다.

〈예민한 풍자에 담은 러시아 사회의 비극적 세태〉

이 시기의 고골리는 특히 희곡에 관심을 기울였다. 1832년부터 두 개의 희곡인 《블라디미르 3등 훈장》과 《구혼자들》에 대한 창작에 착수하기도 했다. 그러나 검열에 대한 두려움과 복잡한 문제들 때문에 그의 첫 희곡 《블라디미르 3등 훈장》은 미완성으로 끝났고, 《구혼자들》은 수차례의 개작을 거친 후, 1842년에 《결혼》이라는 제목으로 출판되었다. 그리고 1835년 미완성 역사 희곡 《알 프레트》와 1842년에 《도박꾼들》을 발표했다. 그 밖에도 《블라디미르 3등 훈장》에서 개작한 단편들로 〈사무원의 아침〉(1842년), 〈소송〉(1842년), 〈하녀〉(1842년), 〈단편〉(1842년) 등이 있다.

《블라디미르 3등 훈장》은 이 훈장을 받으려는 주인공 바르슈코프의 노력이 희극의 주제를 이루고 있다. 고골리는 이 작품에서 러시아의 협잡꾼들이 모여 있는 세계를 보여 주며, 야심에 찬 꿈과 증오, 친구를 속이고 남몰래 해를 입히려는 시대적인 열정의 괴이함을 가차없는 풍자로 폭로하고 있다. 바르슈코프는 마지막에 거울 앞에 앉아 훈장에 대한 꿈을 꾸며 미쳐간다. 그는 그 십자가가 이미 그의 가슴에 있다는 망상에 빠지게 된다.

1842년에 완성된 희곡 《결혼》은 결혼을 주제로 하면서도 새로운 사건들이 일어날 것이 두려워 창문으로 도망쳐 버리는 사나이를 묘사하고 있어, 마치 평생 결혼하지 않았던 고골리의 내면을 보여 주는 듯한 작품이다. 《결혼》은 인물 묘사나 대사의 뛰어남은 물론 상인 사회의 풍속을 그리고 있어 후에 오스트로프스키에게 커다란 영향을 미쳤다.

앵글로색슨족의 역사를 바탕으로 쓴 《알 프레트》는 고골리가 새로운 창작을 모색한 희곡으로, 이 작품에는 민중의 삶이 전체적으로 묘사되고 있다. 이 작품에서 고골리의 희곡 창작은 가족적인 범주에서 사회적인 범주로 확대, 심화되었다. 고골리가 교양 있는 군주로 이상화시키고 있는 알 프레트는 측근자들에겐 '그대들이 나를 도와 앵글로색슨족에게 만연되어 있는 야만성과 무지를 쫓을 수 있도록 해 주기를 바라오.'라는 요청을 한다. 이 말은 고골리가 나중에 희극의 목적을 정의하고 서유럽과 러시아 희극의 차이점을 지적할 때 언급했던 '우리의 희극은 한 개인이 아니라 전체의 수많은 직권남용에 대해서, 올바른 길에서 벗어난 사회 모두의 이탈에 대해서 분연히 일어섰다.'라는 말과 매우 유사하다. 이 희곡은 미완성으로 남았지만 장르, 색채의 특징에 있어서 《검찰관》과 《죽은 혼》을 예고하고 있었다.

《검찰관》은 사회 풍자적인 희곡의 걸작으로 러시아의 비판적 리얼리즘의 효시격인 작품이라 할 수 있다. '불명예스런 세월' 속에서 '희곡이 쓰고 싶어서 손이 떨릴 정도'였던 고골리가 푸슈킨에게 부탁해서 주제를 받아 두 달 만에 완성한 《검찰관》은 지방도시의 관료들의 위선과 부패상을 철저하게 폭로하여 조소한 작품이다. 1936년 이 작품이 당시의 러시아 황제 니콜라이 1세가 관람하는 가운데 페테르부르크에 있는 알렉산드린스키 극장에서 처음으로 상연되었을 때, 비평계와 관객들의 반응은 대단했다. 그전까지만 해도 상상조차 할 수 없었던 이 연극이 보여 주는 사회적 풍자성과 진보성은 관객들을 크게 감동시켰으며 진보적 지식인들을 열광케 했다. 동시에 보수파로부터는 맹렬한 격분과 비난을 받기도 했다. 고골리의 《검찰관》은 단숨에 러시아의 정치적 문제로 확대되어 폭풍의 회오리에 휘말리게 되었다. 그리고 그 예기치 못했던 사회적 반응과 압력에 고골리는 당황했다. 그는 이 작품을 통해 자신이 알고 있는 러시아의 온갖 악한 것, 무엇보다도 인간에게 불평등을 강요하는 일체의 부정과 사회악을 비웃어줌으로써 부조리에 무감각해진 사람들을 도덕적으로 각성시키고자 했었다. 그러나 자신의 의도와는 달리 정치적인 문제로 확대되자 고골리는 적지 않은 충격을 받았다.

결국 《검찰관》 상연이 불러일으킨 논쟁과 비난으로 인한 충격 때문에 평소 병약했던 고골리는 병을 얻게 되고 의사로부터 요양을 권유받게 된다. 이에 고골리는 네진 시절의 급우였던 다니레푸스키와 함께 푸슈킨의 힌트로 싹텄던 대작 《죽은 혼》의 막연한 구상을 가지고 외국으로 여행을 떠나게 된다. 이 시기의 외국여행은 심신이 지친 고골리의 생애에 있어 매우 중대한 전기轉機가 되어 주었다. 러시아에 있을 때에 고골리는 아름다운 러시아를 희구하며 그 아름다움을 작품 속에 담으려고 했으나, 실제로 그는 오욕과 악으로 가득 찬 러시아의 현실 속에서 괴로워할 수밖에 없었다. 그러나 국외로 나오자 그의 육체와 정신은 그런 오욕과 부조리에서 해방되어 마음속에서 러시아의 아름다운 모습이 새롭게 소생했던 것이다. 그리고 이러한 상황 속에서 고골리는 러시아의 추악한 모습마저도 이성적이고 객관적인 상태에서 작품 속에 담을 수가 있었다.

《《죽은 혼》과 종교에의 심취》

독일에서 스위스를 거치는 동안 고골리는 《죽은 혼》의 구상을 전부 새로 뜯어고치고 마치 사자와 같은 힘과 정열을 가지고 집필에 전념한다. 고골리는 《죽은 혼》이라는 대작 속에 러시아 전체를 재현시켜야겠다는 야심에 불탄다. 그러나 1837년 3월, 파리에 머물고 있던 고골리는 푸슈킨의 부음을 듣게 되는데, 스승이자 은인이며, 문학적 이상이라 할 수 있는 푸슈킨의 죽음은 고골리에게 크나큰 충격이었다.

그는 너무도 상심한 나머지 일이 손에 잡히지 않아 잠시 작품에서 손을 떼고 혁명으로 어수선하던 파리를 떠나 로마로 간다. 그 후 그는 12년에 걸친 오랜 외국생활(1836~1848년)의 거의 대부분을 그곳에서 보내게 된다.

로마는 고골리에게 있어 오랫동안 동경해 왔던 도시였다. 남국의 맑은 하늘, 아름다운 자연에 둘러싸인 옛 도시, 고대의 아름다운 수많은 유적들, 파리에서 진절머리가 난 고골리의 마음을 오히려 근대문명의 소란함에서 벗어나 중세의 장엄한 종교적 분위기에 둘러싸인 조화와 정적의 도시가 완전히 사로잡았던 것이다. 그는 1842년에 이 고도를 노래한 단편 〈로마〉를 쓰기도 했다.

로마에서 3년간을 보내면서 때때로 생각난 듯이 붓을 들기는 했으나, 소설은 마음먹은 대로 씌어지지 않았다. 1839년, 3년간의 방랑 끝에 잠시 귀국한 고골리는 또다시 《죽은 혼》 제1부를 쓰고자 필사적으로 노력하는 동시에 〈대장 불리바〉, 〈초상화〉, 《검찰관》 등을 개작했으며, 《연극의 끝》(1842년), 《도박꾼들》(1842년) 등의 희곡을 발표했으며, 그의 또 다른 명작인 〈외투〉(1842년)를 완성했다. 이 소설은 이른바 '페테르부르크 소설' 중의 하나로 손꼽히는 고골리의 가장 중요한 작품이다. 이 작품은 고골리의 중요한 테마의 하나인 누구에게도 사랑받지 못하고 누구의 보호도 받지 못하며, 아무도 흥미를 갖지 않는 낙오자의 비극적인 운명을 훌륭하게 묘사하고 있다. 나중에 이 테마는 도스토예프스키에 의해 계승되어지는데, 도스토예프스키는 프랑스 비평가와의 대담에서 1840년대부터 1860년대의 러시아 작가들에 대해 논하면서 "우리는 모두 고골리의 〈외투〉에서 나왔다."고 말하기도 했다.

〈외투〉를 쓰고 난 뒤, 극도의 신경쇠약에 빠진 고골리는 다시 로마로 되돌아가 1841년 여름 간신히 《죽은 혼》 제1부를 탈고했다. 고골리는 《죽은 혼》을 출판하기 위해 즉시 모스크바로 돌아왔으나, 모스크바의 검열위원회는 출판을 허가하지 않았다. 영혼은 불멸한다는 러시아 정교의 교리를 믿고 있던 러시아 검열위원들은 '죽은 혼'과 같은 표제가 종교의 교리를 모독한다는 이유로 검열을 통과시켜 주지 않았던 것이다. 그러나 다행히도 벨린스키의 끈질긴 노력으로 원고를 페테르부르크의 검열당국으로 보내 제목을 《치치코프의 모험, 혹은 죽은 혼》으로 한다는 조건으로 허가를 받아 이듬해인 1842년 5월에야 간신히 출판할 수 있었다.

악한을 소재로 한 피카레스크 소설의 전통적인 수법을 따르고 있는 이 작품에서 고골리는 주인공과 함께 러시아 국내를 여행하면서 많은 도덕적 불구자를 찾아내어, 예리한 풍자로 그 추악성을 해부함으로써 러시아 전체의 사회제도와 국가조직을 통렬히 비판했다. 고골리는 《죽은 혼》을 단테의 《신곡》처럼 3부작으로 구상했다. 제1부에서는 주인공인 치치코프를 중심으로 온갖 악덕에 물든 지주들의 모습을, 제2부에서는 선량한 지주, 청렴결백한 관리 등 긍정적인 인물과 치치코프가 갱생하는 과정을 대비해 영혼의 정화를, 그리고 제3부에서는 러시아 사람들뿐만 아니라 모든 인류의 영혼의 밑바닥에 숨겨져 있는 '선善'의 무한한 보고를 그림으로써 인류의 구원을 다루겠다는 원대한 구상을 했다. 고골리는 그러한 작품을 창작함으로써 러시아 국민으로서의 의무를 다하고 의무를 다함으로써 마치 실제로 국가에 복무하고 있는 것과 마찬가지로 나라에 봉사하고 있다는 느낌과 확신을 갖고 싶어했다. 고골리는 도덕주의자로서의 사명감에 불타고 있었던 것이다. 그러나 불행히도 나머지 제2부와 제3부는 출간되지 못했다.

농노제도가 있던 제정 러시아에서 지주는 소유하고 있는 농노에 대해 인두세를 부과해야 했다. 그 때문에 농노의 호적 조사를 7년 내지 10년마다 하고 있었다. 따라서 죽었거나 도망을 가서 실제로는 지주에게 없어져버린 농노도 호적상으로는 다음의 조사 때까지는 존재하는 것으로 간주되었다. 이러한 상황 속에서 작품의 주인공이라 할 수 있는 교활한 치치코프는 그러한 '호적상으로는 존재하나 실제로는 존재하지 않는 농노'를 각 지방의 지주로부터 양도받아, 명의상으로는 많은 농노를 소유하고 있는 대지주가 되어, 그 농노를 담보로 은행으로부터 큰돈을 빌리려는 계획을 세운다. 《죽은 혼》은 바로 이 치치코프가 농노를 양도받기 위해 여러 지방의 지주를 찾아 러시아 각지를 여행하면서 겪는 일을 내용으로 한 것이다.

고골리는 치치코프가 만나는 온갖 형태의 지주들의 삶을 통해 당시 러시아의 어둡고 구석진 면을 낱낱이 파헤친다. 감상적이고 현실과 동

떨어진 몽상 속에서 살고 있는 마닐로프, 어리석고 미신에 묻혀 살며 고집스런 여지주 코로보치카, 외투·말·개·마차 등 닥치는 대로 도박의 대상으로 삼는 불량자 노즈드료프, 지독한 구두쇠의 화신 플류슈킨, 곰처럼 우둔하고 거칠고 난폭하며 대식가인데다 독설가인 소바케비치 등의 인물을 통해 암흑의 러시아에 우글거리는 무서우리만치 비인간적인 지주들의 추악한 삶을 고발하고 있다. 그들이야말로 농노제도하에서 온갖 인간성을 상실하고 있는 '죽은 혼' 들이었다. 농노제도하에서 부패해 가고 있는 러시아의 실상은 고골리의 예리한 통찰력에 의해 비로소 그 실체를 드러내게 된 것이다. 결국 《죽은 혼》의 제1부는 치치코프의 의도가 시중의 의혹을 사게 되자 주인공이 도망쳐 버리는 데서 끝이 나는데, 이 장면에서 고골리가 보여 준 부정적인 형상, 인생에 잠재하고 있는 비속함에 대한 묘사는 그야말로 천재적이라고 할 수 있다.

러시아의 혐오할 만한 현실사회를 예술적으로 비난한 《죽은 혼》 제1부의 출판은 《검찰관》을 상영했을 때와 마찬가지로 당시 지식인들뿐만 아니라 범국민적인 차원에서 굉장한 반향을 불러일으켰다. 보수파의 비평기들은 매섭게 악평을 하며 고골리를 공격했지만, 벨린스키를 비롯한 진보적 비평가와 작가들은 고골리를 옹호하며 작품의 위대함을 알렸다. 그들은 푸슈킨이 죽은 이후 고골리가 러시아 문학계의 중심임을 인정하였으며, 그를 진보파 쪽으로 끌어들이려고 무진 애를 썼다. 고골리 또한 자신이 푸슈킨의 뒤를 이을 사람이라는 것을 자각하고 그에 대한 자부심을 지니고 있었으나, 그가 갖고 있는 사상과 벨린스키의 사상에는 깊은 견해의 차이가 있었다. 벨린스키는 고골리 문학의 현실비판을 기대하고 있었지만, 고골리 자신은 자기의 문학이 어디까지나 사회를 도덕적으로 각성시키는 데 있는 것으로 생각하고 있었던 것이다. 예를 들어 《죽은 혼》 제1부에서 고골리가 농노제도 아래에서의 러시아의 사회악을 철저하게 폭로하고 비판한 사실에서 벨린스키는 이 작품을 높이 평가했으나, 고골리는 그보다는 문학을 통한 러시아의 정신적 구제자로서의 사명감에 더욱 역점을 두어 도덕적으로 완성된 이상적 인물을 그리고자 했던 것이다. 이즈음 고골리는 종교적 신비주의에 많은 관심을 갖고 있었으며, 그러한 영향 아래에서 쓴 것이 《죽은 혼》이었던 것이다. 이러한 두 사람의 견해 차이와 사상적 오해는 후에까지 오래 지속되었다.

〈종교와 문학의 비극적 갈등〉

민감하고 병적이며 자기 혼자의 세계에 틀어박혀 육체적으로나 정신적으로 불안한 상태에 놓여 있던 고골리는 《죽은 혼》이 불러일으킨 혁명적인 센세이션에 스스로 당황하고 공포에 사로잡혀서 1842년 다시 로마로 돌아가 세상으로부터 숨어 종교적 명상에 잠기게 되었다.

그리고 그는 자기가 만든 작품 속의 세계를 혐오하고 죄악감에 떨면서 작품을 통해 신을 섬기고 약자에게 유익한 선행의 모범을 보이려는 이상에 집착해 3년 이상을 병의 발작과 정신의 쇠퇴에 허덕이게 된다. 고골리는 그럴수록 더욱 종교적이고 신비적인 문체에 빠져들었다. 그러한 어려움 속에서 《죽은 혼》의 제2부 창작에 고심했으나, 좀처럼 써지지 않았다. 건강이 악화된 탓도 있었지만 주된 이유는 그가 의도했던 이상적 인물을 그려낼 수가 없었던 데 있었다. 너무나도 똑똑히 인간의 비속하고 추악한 면을 속속들이 보아왔기 때문에 숭고한 인간의 상상을 창조해내기가 어려웠던 것이다. 그는 자기가 의도하는 이상적 인물을 자기가 생각한 것처럼 사실적으로 묘사할 수 없는 것을 자기 자신이 아직도 도덕적으로 완성되어 있지 않기 때문이라고 생각했다. 그러한 비관 속에서 고골리는 자신의 영혼을 정화시킬 목적으로 더욱 종교의 세계에 몰입했으며, 끝내는 자신의 문학과 예술을 부정하기에 이르렀다. 그의 예술가로서의 감각과 사회적 사상과의 불일치는 그의 마지막 대작인 《죽은 혼》의 창작과정에서 날카롭고 비극적인 형상을 이루었고, 그의 인생마저도 불행으로 몰아넣었던 것이다.

결국 예술적인 묘사를 통해서 종교적인 사상을 표현하는 것은 자기의 이상과 맞지 않는다는 사실을 깨닫고, 심한 자기혐오에 빠진 고골리는 1845년 우울증의 발작을 일으켜 힘들게 써냈던 《죽은 혼》 제2부의 초고를 그만 태워 버리고 말았다.

그리고 극도의 절망감과 염세적인 생각에 빠져 그때까지 자기가 이룩한 창작세계를 전부 부정하는 〈친구와의 왕복서한〉(1847년)을 발표했다. 이것은 서신형식으로 자기가 갖고 있는 종교적·도덕적 이상을 설명함으로써 러시아인의 정신적 갱생과 회복을 꾀하려 시도했던 것으로 그가 빠져 있던 정신적 위기가 잘 드러나 있다. 고골리는 자신이 신의 광명이 비치는 진실한 길을 확고하게 걸어가고 있다는 것을 믿었으며, 그것은 곧 자신의 영혼을 정화시키기 위해 정해져 있던 길이라고 생각했다.

그러나 이 글에는 농노제의 전면적인 옹호와 전제주의와 러시아 정교에 대한 맹종 등 러시아 사회의 여러 구악을 옹호하는 내용이 포함되어 있었기 때문에 벨린스키를 비롯한 많은 친구들의 분노에 찬 비난을 받게 되었다. 특히 진보적 평론가이자 고골리를 누구보다도 잘 이해했던 벨린스키는 유명한 〈고골리에게 보내는 편지〉에서 "《검찰관》과 《죽은 혼》의 작가인 당신이 추악한 러시아의 사제계급에 대한 찬가를 노래하다니, 당신은 지옥의 가장자리에 서 있다는 것을 깨달아 주십시오."라고 냉혹한 비판을 가했다.

고골리는 이에 충격을 받고 다시 자신의 의무는 예술을 통해서 인생과 친화하는 것이라는 생각으로 〈작가의 고백〉(1847년)을 써서 문학으로의 복귀를 선언하기도 했다. 그리고 1848년 그는 다시 《죽은 혼》 제2부를 쓰기 시작했다. 그러나 작가로서의 혼을 악마에게 매도했다는 죄악감, 신비적인 구원의 사상에 사로잡힌 고골리는 불안과 번민으로 견딜 수 없게 되자, 예루살렘으로 순례의 길을 떠나 하룻밤을 그리스도의 무덤 밑에서 울며 보내기도 했다.

하지만 이 순례여행도 고골리에게 구원의 안식을 가져다 주지는 못했다. 그는 극도의 여윈 몸으로 모스크바로 되돌아와 병상에 눕지 않으면 안 되었다. 그러면서도 가끔씩 정신의 평정을 되찾으면 고골리는 조금씩 혼신의 힘을 다해 원고를 써나가곤 했다. 그리곤 그 몇 장의 원고들은 자유로운 기지를 발산하던 참된 고골리의 모습을 다시 보여 주었다며 벨린스키를 비롯한 친구들을 열광시켰다. 그러나 종교에 심취한 모럴리스트로서의 고골리와 문학에 열정적인 리얼리스트로서의 고골리와의 싸움은 좀처럼 화해를 이루지 못했다. 그러한 사상과 예술적 이상 사이의 모순과 대립은 그의 창작활동과 생애를 비극적 결말로 인도했다.

고골리는 죽음이 가까이 와 있음을 느꼈다. 고골리가 문학을 한 목적은 약자를 신의 세계로 인도하는 것이었는데, 그의 글은 모두가 사악하고 악마적인 것으로 하느님을 모독하는 것이라는 망상에 사로잡히기까지 했다. 더욱이 1852년 1월에 그는 로마에 머물 때부터 그의 영적 지도자로서 가까이 지내던 광신적 신부 마트베이 콘스탄티노르스키로부터 악마의 유혹인 문학을 포기하지 않으면 영원히 구원받지 못할 것이라는 말을 듣고는 어느 날 밤 갑자기 광란상태에 빠져 4년간의 노력과 번외의 결실인 《죽은 혼》 제2부의 원고를 불 속에 던져버리고 말았다. 그것은 고골리의 문학과 인생이 마지막으로 불에 타 사라짐을 뜻했다. 그로부터 수일 후인 1852년 2월 21일 아침, 고골리는 아무도 돌보지 않는 가운데 쓸쓸하고 비참하게 43세의 생애를 마치고 말았다. 마음의 구원을 얻지 못한 채 기도와 불안의 갈등 속에서 지옥과 악마의 환상에 휩싸였던 고골리는 단식 끝에 거의 자살하다시피 하여 세상을 떠나고 말았던 것이다.

〈인간정신의 자유를 표현한 리얼리스트〉

고골리의 예술적 천재성은 부정적인 형상 창조에 있어서 어느 누구와도 비교될 수 없는 역량을 발휘했다는 점에 있다. 그는 현실의 비천하고 추악하며 부조리한 것에 익숙해진 인간들 앞에 광채 나는 진실의 모습을 제시했던 것이다.

고골리 작품 속의 세계는 혼돈과 허무의 세계이다. 그 혼돈과 허무는 단순히 정치적 폐악과 사회의 부조리에서만 연유하는 것이 아니라, 모든 인간의 삶과 전우주의 공허에서 오는 비극적 감정인 것이다. 따라서 고골리가 생각한 작가로서의 사명은 단지 정치·사회적 부조리와 불합리를 비판하고 폭로하는 데 그치는 것이 아니라, 악과 슬픔으로 가득 찬 세계를 구원하고 그 절망의 삶 속에 빠져 고통받는 사람들에게 희망을 주는 것이었다.

고골리는 사회·정치적인 사상가는 아니었으며, 그의 풍자는 어떤 정치적인 신념에서 나온 것이 아니라, 도덕적· 정신적인 문제에 대한 그의 깊은 관심에서 나온 것이다. 그것은 고골리 자신의 정신적인 발전에 관한 관심이었으면 일반적인 인간에 대한 관심이었다.

고골리는 인간이란 위대한 정신적인 삶의 문제에 무관심하며, 도덕적으로 평범하고 하잘것없는 상태 속에서 살고 있는 존재로 보았다. 즉 인간은 스스로 만족해 버리는 이기적인 범속성이나 천박함 속에 잠겨 있다고 본 것이다. 고골리는 범속성이란 어떤 식으로든 개개인의 인격을 손상시키고 있다고 생각했으며, 그의 풍자는 그것을 예리하게 폭로하고 있다. 고골리의 작품에서 풍겨지는 웃음의 배후에는 눈에 보이지 않는 눈물이 스며 있는데, 이것은 그가 갖고 있던 인간의 비극적 삶에 대한 연민 때문이었다.

고골리는 인간정신의 자유를 표현한 예술의 자유로운 활동을 주장하고 동시에 국민적 묘사와 이상을 높이 구가했던 푸슈킨의 작품세계를 그 이상으로 삼았으며, 더욱더 현실생활의 객관적인 묘사를 중시하고자 했다. 그리고 그리한 이상에서 출발하여 예술적 사실주의와 심리적 관찰의 날카로운 풍자에 넘친 고골리 특유의 새로운 문학세계를 창조했다. 따라서 고골리 시대부터 러시아의 문학은 현실생활과 밀접한 관계를 맺게 되었으며, 사회적 자각의 유력한 표현이 되었다. 이와 같은 고골리의 문학세계는 도스토예프스키, 톨스토이, 투르게네프, 체호프 등에 지대한 영향을 주었고, 이후 펼쳐지는 러시아 문학의 황금시대를 여는 자양분이 되었다.

《검찰관》

《검찰관》은 신분을 잘못 오인하여 일어나는 사건들이 익살스럽게 전개되는 전체가 5막으로 구성된 희극이다.

이 걸작 희극의 주제는 고골리의 스승인 푸슈킨으로부터 얻은 것으로 전해지고 있다. 1835년 5월, 고골리는 푸슈킨에게 "저는 지금 희곡을 쓰고 싶어 견딜 수가 없습니다. 부디 마땅한 제재를 주시면 감사하겠습니다. 저는 틀림없이 그것을 즉시 5막의 희극으로 꾸며 보여 드리겠습니다."라는 내용의 편지를 보냈다. 그러자 푸슈킨은 마침 자신이 지방을 여행하는 동안에 정부의 검찰관으로 오해를 받아 일어났던 일을 고골리에게 전해 주었다.

이 작품은 러시아의 지방도시에 깊이 뿌리내리고 있는 온갖 사회악, 즉 관리들의 태만과 부정, 비문화성, 무지, 허영, 비속함 등을 희극적으로 풍자해 비판하고 있다. 고골리는 이 작품을 통해 푸슈킨에 의해 심어진 리얼리즘을 더욱 심화시켰으며, 사회의 모든 불의를 부정의 색채로 표현함으로써 아름다운 것에 대한 긍정과 이상에 대한 동경을 불러일으켰다.

이 작품은 어느 지방도시에 검찰관이 찾아올 것이라는 소식을 알리는 데서 시작된다. 시장을 비롯해 평소에 부정한 짓을 하고 지냈던 관리들이 전전긍긍하던 끝에, 도박으로 빈털터리가 된 프레스타코프를 검찰관으로 오인하게 된다. 영문도 모르는 채 각별한 대접을 받은 프레스타코프는 이 기회를 이용하여 관리들을 실컷 농락하다가 도망쳐 버리고, 그가 남긴 편지에서 진상이 밝혀지게 된다. 그리고 모두가 아연실색하는 가운데 진짜 검찰관이 도착했다는 소식이 전해진다.

경박한 청년 프레스타코프가 중앙에서 내려온 검찰관으로 잘못 오인되어 일어나는 해프닝과 웃음 뒤에는 러시아 사회의 부조리와 관료정치의 부패상, 그리고 그에 대한 고골리의 조소가 내제되어 있다. 고골리가 이 희곡에 대해 "내가 알고 있는 러시아의 모든 죄악상을 한데 묶어서 폭소를 자아내게 할 결심이다."라고 말한 것처럼, 이 작품에 묘사된 것은 한 지방도시의 추악함뿐만이 아니라, 농노제 러시아의 관료기구 전체의 부패상인 것이다. 고골리는 이것을 반국민적인 권력상으로 보여 주고 있다. 이런 의미에서 《검찰관》은 당시 니콜라이 1세의 폭정과 전제주의 체제를 고발하는 사회적 풍자인 동시에 부패한 관리들에 대한 도덕적 풍자이기도 하다.

《검찰관》의 등장인물은 몰리에르 이후 전통적인 희극의 수법인 과장과 그로테스크를 극도로 구사하여 묘사되었다. 긍정적인 인물, 즉

공감대를 지니고 있는 인물은 한 사람도 묘사되지 않은데다가 연애의 요소도 완전히 결여된 것이 특징이다.

《검찰관》의 극장 상연은 러시아 연극사상 공전의 성공을 거두었는데, 그 내용의 정치성으로 말미암아 찬사뿐만 아니라 권력층과 보수주의자들로부터 거센 비난을 받기도 했다. 자유주의자들은 이 작품이 러시아의 모든 사회 · 정치 체제에 대한 신랄한 고발과 관료들에 대한 공개적 풍자를 담고 있다는 사실 때문에 환호를 보냈고, 반면에 보수파 비평가들은 황제를 비난했다거나 터무니없는 익살을 보여 주었다는 이유로 격렬한 항의와 분노를 터트렸다. 고골리는 예상하지 못했던 그 놀라운 반향에 당황했으며, 작품의 풍자적 정치성을 유화시키기 위해 몇 차례 개작을 하기도 하였다.

그러나 《검찰관》의 의의는 그것이 정치 · 사회적인 체제의 고발과 비판이라는 수준에 머무르지 않는다. 이 작품은 사회의 풍자를 통해서 인간들의 천박함과 정욕들을 독특한 창작수법으로 보여 주었으며, 실로 시대와 민족을 초월하여 상실된 인간성의 회복을 담고 있기 때문이다. 《검찰관》의 전편에 가득 흐르는 웃음은 인간의 더러워진 영혼을 정화시키는 웃음인 것이다.

〈고골리 연보〉

1809년   4월 1일(옛 러시아 연력 3월 20일), 러시아 남부 우크라이
          나의 볼타바 현 미르고로트 군 소로친츠 마을에서 태
          어남. 아버지 바실리 고골리 야노프스키는 카자흐족의
          혈통을 이어받은 유복한 소지주로서 연극을 매우 좋아
          했고, 실제로 몇 편의 희극을 쓰기도 한 어느 정도 예술
          적 기질이 있는 사람이었음. 어머니 마리야 이바노브
          나는 신앙심이 두터운 여자로, 결혼 초기에 남편의 영
          지에 교회가 없었으므로 남편에게 간청해서 소지주로
          서는 무리한 일이었음에도 불구하고 교회를 세우게 할
          정도였음. 맏아들인 고골리를 데리고 교회를 다닌다든
          지 최후의 심판에 관한 이야기를 들려주곤 했는데, 고
          골리가 만년에 이르러서 종교의 세계에 심취하게 되었
          던 것도 바로 어린시절에 이러한 어머니의 신앙심에
          깊은 영향을 받았기 때문임. 고골리는 아버지를 닮아
          태어나면서부터 허약한 체질로 인해 평생을 따라다녔
          던 죽음의 예감은 작가 고골리의 불행하면서도 비극적
          인 운명의 씨앗이 됨. 고골리의 12명의 형제들 중에서
          성인으로 자란 사람은 고골리와 여동생 4명뿐으로, 고

골리의 집안은 매우 건강하지 못했던 듯함.

1818년(9세) 동생인 이반과 함께 볼타바 군립학교에 입학함.

1819년(10세) 동생의 갑작스런 죽음으로 심한 충격을 받아 병에 걸려 집에 돌아와 요양을 함.

1821년(12세) 귀족의 자녀들을 위해 개설된 네진 시의 9년제 중학교에 입학함. 이 시절에 이미 문학에 대한 재능과 연극이나 미술에 대한 소질을 보이기 시작함. 그는 이 무렵에 친척인 트로시친스키 가의 서가에 꽂힌 책을 자주 이용하며 독서에 굉장한 흥미를 나타내기 시작함. 트로시친스키 가에는 모스크바와 페테르부르크에서 여러 손님들이 방문하여 문화적인 분위기를 자아내고 있었는데, 이곳에서 소년 고골리는 그 문화적 분위기를 흡수하며 갖가지 교양을 쌓게 됨. 학교에서 고골리는 친구들과 어울려 푸슈킨, 주코프스키, 영국의 시인 바이런, 그리고 낭만주의 작가들의 작품을 주로 탐독했는데, 나아가 예술 동인잡지인 〈즈베즈다〉를 발행하고 학교 연극을 위해 몇 편의 희곡을 쓰기도 함. 이 학교는 그에게 마치 푸슈킨에 있어서의 차루스코에셀로의 리체이와 같은 역할을 했음. 고골리는 학창시절에 시와 극, 소설 등을 모두 합쳐서 적어도 5편 정도의 작품을 쓴 것으로 알려져 있으나, 그 작품들의 내용이 어떤 것이었는지에 대해서는 정확히 알려진 것이 없음.

1825년(16세) 3월, 아버지가 세상을 떠남.

1826년(17세) 학교 교내 잡지 〈여러 가지 편람〉의 발행 중심이 되어, 이 잡지에 〈소 러시아 사전〉을 실어 우크라이나의 역사 풍속에 대한 관심을 나타냄.

1828년(19세) 6월, 네진 중학교를 졸업함. 12월, 장남으로서 자활의 길을 찾기 위해 새로운 생활에의 꿈을 안고 페테르부르크로 감. 그러나 꿈에 그리던 이상의 도시 페테르부르크에서의 처음 생활은 지방출신의 외로운 청년에게는 너무나 낯설고 매시운 깃이있음.

1829년(20세) 6월, 삶의 방편을 찾기 위해 'V. 알로프'란 필명으로 중학교 시절에 써놓았던 유머러스하고 낭만적인 전원시 〈간츠 큐헬리 가르텐 *Gants Kiukhel' garten*〉을 자비로 출판함. 이것은 독일의 시인 포스의 서사시인 〈루이제 *Luise*〉의 영향을 받은 목가적이고 낭만주의적인 짧은 서사시였는데, 불행히도 평론자들의 혹심한 악평으로 상심한 그는 서점에 있는 책까지 되찾아 불태워버림. 8월, 신경이 예민하고 병약했던 고골리는 그러한 불행에 낙담하고 페테르부르크를 떠나 독일과 북유럽 등지로 외국여행을 떠남. 당시 절망한 고골리는 행복과 풍요로운 노동의 땅, 미국으로 이주하려는 유토피아적 몽상을 안고 스웨덴까지 갔으나 되돌아옴. 9월, 귀국하여 배우 시험을 쳤으나 떨어짐. 연말에 내무성의 하급관리 일자리를 얻어 취직을 함. 우크라이나의 전설 민화를 바탕으로 한 작품을 쓰기 시작함.

1830년(21세) 2, 3월에 〈조국 잡기〉지에 고향인 우크라이나의 이야기를 담은 첫 단편소설 〈비사브류크, 혹은 이반 쿠팔라 축제의 전야 *Bisavrjuk ili Vecher nakanune Ivana Kupala*〉를 서명 없이 발표함. 이 작품이 푸레트뇨프, 주코프스키, 젤리비크 등의 평론가들로부터 주목을 받아 서서히 고골리의 이름이 알려지기 시작함. 4월, 황

실영지국의 서기로 전직을 함.

1831년(22세) 2월, 푸레트뇨프의 알선으로 귀족 자녀들의 교육기관인 애국 여자학원의 역사 교사가 됨. 5월, 당대 최고의 국민 시인이자 작가였던 푸슈킨을 알게 되어 문학에의 전념을 결심하게 됨. 9월, 우크라이나의 역사와 전설, 풍습 등에 관한 첫 작품집 《디칸카 근교 야화 *Vechera na khutore bliz Dikanki*》 제1부를 출판함. 《디칸카 근교 야화》는 상·하 2부, 8편의 이야기로 되어 있는데, 제1부에는 〈소로친츠의 장날 *Sorochinskaia iarmarka*〉, 〈이반 쿠팔라 축제의 전야 *Vecher nakanune Ivana Kupala*〉, 〈5월의 밤, 또는 익사한 여자 *Maiskaia noch' ili uto-plennitsa*〉, 〈잃어버린 편지 *Propavshaia gramota*〉가 실려 있음.

1832년(23세) 3월, 《디칸카 근교 야화》 제2부가 출판됨. 상·하 2부, 8편의 이야기로 되어 있는 《디칸카 근교 야화》의 제2부에는 〈크리스마스 전야 *Noch' pered Rozhdestvom*〉, 〈무서운 복수 *Strashnaia mest'*〉, 〈이반 표도로비치 쉬포니카와 그의 숙모 *Ivan Fedorovich Shpon' ka I* egotetushka〉, 〈마법에 걸린 토지 *Zakoldovannoe mesto*〉가 실려 있음. 6월, 모스크바에서 포고진, 악사코프, 배우 시체프킨을 알게 됨. 또한 10월에 모스크바에서 우크라이나 출신의 역사가이며 인류학자인 막시모비치와 알게 되어 역사에 대한 관심을 갖게 됨.

1833년(24세)   희곡 《블라디미르 3등 훈장 *Bladimir tret' ej stepeni*》(미완성)과 《구혼자들 *Zenizi*》에 대한 창작에 착수함. 단편소설 〈비 *Vii*〉, 〈옛날 지주 *Starosvetskie pomeshchiki*〉, 〈이반 이바노비치와 이반 니키포로비치가 싸운 이야기 *Povest' o tom, kakpossorilsya Ivan Ivanovich s Ivanom Nikiforovichem*〉 등을 집필함.

1834년(25세)   2월에서 10월에 걸쳐 〈문교성 기요〉에 〈세계사 강의 초안〉, 〈우크라이나사 개요〉, 〈중세에 관하여〉 등의 논문을 발표함. 7월, 푸레트뇨프의 알선으로 페테르부르크 대학의 세계사 교수가 됨. 10월, 푸슈킨, 주코프스키가 출석한 가운데 강의를 함. 중편소설 〈대장 불리바 *Taras Bul' ba*〉, 〈네프스키 거리 *Nevskii prospekt*〉, 〈초상화 *Portret*〉, 〈광인일기 *Zapiski sumasshedshego*〉 등을 집필함.

1835년(26세)   1월, 평론 작품집 《아라베스키 Arabeski》를 출판함. 이 작품집에는 〈네프스키 거리〉, 〈초상화〉, 〈광인일기〉 등의 이른바 '페테르부르크 이야기'인 중편소설과 문학, 미술, 건축, 역사에 대한 논문들이 실려 있음. 2월, 우크라이나를 배경으로 한 낭만주의적인 작품집 《미르고로트 Mirgorod》를 출판함. 이 작품집에는 〈대장 불리바〉, 〈비〉, 〈옛날 지주〉, 〈이반 이바노비치와 이반 니키포르비치가 싸운 이야기〉 등이 실려 있음. 중세사의 집필을 구상하지만 실현하지 못함. 3월, 잡지 〈모스크바의 관찰자〉에 〈코 Nos〉를 보냈으나 거부됨. 푸슈킨에게 보내는 편지에서 희곡의 소재를 부탁해 즉시 희곡 《검찰관 Revizor》의 집필에 착수하여 12월에 탈고함. 연말에 페테르부르크 대학의 교수직을 사임함. 미완성 역사 희곡인 《알 프레트 Al'fred》를 집필함.

1836년(27세)   1월, 주코프스키의 집에서 《검찰관》을 낭독함. 4월, 황제 니콜라이 1세의 관람 속에서 페테르부르크 알렉사드린스키 극장에서 《검찰관》이 초연됨. 러시아 연극사상 공전의 성공을 거두었는데, 그 내용의 정치성으로 찬사를 받기도 했지만 권력층과 보수주의자들로부터 거센 비난을 받음. 《검찰관》이 단행본으로 출판됨. 5월, 시체프킨이 시장 역을 맡은 《검찰관》이 모스크바에서 초연됨. 6월, 《검찰관》 상연이 불러일으킨 논쟁과 비난으로 인한 충격 때문에 병을 얻게 되고 의사로부터 전지요양을 권유받게 됨. 이에 네진 시절의 급우였던 다니레프스키와 함께 외국으로 여행을 떠남. 독일, 스위스를 거쳐 11월, 파리에 정착하여 《죽은 혼 Mertvye dushi》의 집필에 착수함. 10월, 푸슈킨이 주재하던 잡지 〈동시대인〉에 〈코〉를 발표함. 단편 〈사무원의 아침 Utro delovogo celoveka〉을 씀.

1837년(28세)　3월, 푸슈킨이 결투로 사망했다는 소식을 접하고 비탄에 젖음. 그 충격으로 로마로 가서 6월까지 머물고 여름을 독일의 바덴(이곳에서 정신적 여자친구인 스미르누아를 만남), 9월을 제네바에서 지낸 다음, 10월말 다시 로마로 돌아옴.

1838년(29세)　6월까지 로마, 7~8월을 나폴리, 9월을 파리에서 보내고, 10월에 제노바를 거쳐 로마로 돌아옴. 화가 이바노프, 젊은 백작 요시프 비예리골스키와 친하게 지냄.

1839년(30세) 2월 말까지 주코프스키와 함께 로마에서 회화 연구로
시간을 보냄. 7~9월을 독일에서 보내고, 9월 말에 모
스크바로 귀국함. 10월에 페테르부르크로 가서 벨린스
키를 만나고, 11월에 다시 모스크바로 돌아옴. 〈대장
불리바〉, 〈초상화〉, 《검찰관》 등을 개작하고 〈외투
Shinel'〉의 집필에 착수함.

1840년(31세) 5월까지 모스크바에 체류함. 1월, 희곡 《소송 Sudopro-
izbodstbo》과 《하인의 방 Sluki comnti》을 완성함. 2월,
악사코프의 집에서 소설 〈로마 Rim〉(미완), 《죽은 혼》의
제5, 6장을 낭독함. 5월 초에 레르몬토프를 만남. 5월
중순, 또다시 외국으로 떠남. 6~8월에 빈에서 우크라
이나의 역사에서 취재한 역사극을 집필하나 진척되지
않고 심한 우울증에 빠짐. 9월, 로마에 도착하여 계속
해서 《죽은 혼》, 〈외투〉를 집필하는 데에 전념함.

1841년(32세) 7월까지 로마에 체류함. 4월, 안넨코프가 로마에 도착
하여 《죽은 혼》의 최종 원고의 정서를 도와줌. 7월, 《검

210

찰관》의 제2판을 간행함. 8월, 《죽은 혼》을 출판하기
위해 로마를 떠나 러시아로 감. 10월 초순, 페테르부르
크에 도착함. 중순에 모스크바로 옮겨 포고진의 집에
기숙함. 12월에 《죽은 혼》 제1부를 탈고해서 모스크바
검열위원회에 제출했으나, 제목의 불경함을 이유로 출
판이 허가되지 않음. 연말에 〈외투〉를 완성함.

1842년(33세) 1월, 《죽은 혼》의 원고를 벨린스키에게 보내 페테르부
르크 검열위원회에 알선을 의뢰함. 3월에 제목을 《치
치코프의 모험, 혹은 죽은 혼 *Chichikof's abanturai
Mertvye dushi*》으로 한다는 조건부로 출판이 허가됨. 5
월, 《죽은 혼》이 출판됨. 러시아의 혐오할 만한 현실사
회를 예술적으로 비난한 《죽은 혼》 제1부 출판은 《검찰
관》을 상연했을 때와 마찬가지로 당시 지식인들뿐만
아니라, 범국민적인 차원에서 굉장한 반향을 불러일으
킴. 6월, 이 혁명적인 센세이션에 당황하고 공포에 사
로잡혀서 다시 외국으로 떠남. 7월, 개작된 〈초상화〉가
〈동시대인〉지에 발표됨. 여름 동안을 독일에서 지내고
10월에 로마로 감. 예전에 쓴 희곡 《구혼자들》을 개작
한 《결혼 *Zhenit'ba*》과 희곡 《도박꾼들 *Igroki*》, 《연극

의 끝 *Teatralnui Konets*》, 그리고 소설 〈외투〉 등 발표
되지 않은 작품들을 한데 묶은 작품집을 출판함. 12월,
《결혼》이 페테르부르크에서 초연됨. 단편 〈소송
Tjazba〉, 〈하녀 *Lakejskaja*〉, 〈단편 *Otryvok*〉 등을 씀.

1843년(34세) 3월, 《결혼》, 《도박꾼들》이 모스크바에서 초연됨. 4월,
《도박꾼들》이 페테르부르크에서 초연됨. 4월까지 로
마, 10월까지 독일, 연말에는 니스에 체류함. 종교적인
세계에로의 몰입이 급속히 진행되어 정신적인 위기를
맞고 건강도 악화됨.

1844년(35세) 3월 중순까지 니스에 머물고, 여름이 끝날 무렵까지 독
일의 각지에서 요양함. 9월까지 프랑크푸르트에 정착
하여 주코프스키, 야즈이코프, 스미르누아 등과 종교
적인 테마를 가지고 편지를 주고받음. 육체적 정신적
위기가 더한층 심화됨.

1845년(36세) 1월 말부터 2월 말까지 파리에서 지내고 또다시 프랑크
푸르트로 돌아옴. 이 무렵에 교회에서의 예배에 관한 자
료를 수집함. 4월, 자신의 사상과 정신을 예술에 의존하

지 않고 직접적으로 표현하는 형식으로서 〈친구와의 왕
복서한 Bybrannye mesta iz perepiski sdruziami〉을 구
상할 것을 스미르누아에게 말함. 7월 무렵, 예술적인 묘
사를 통해서 자기의 조욕적인 사상을 표현하는 것은 자
기의 이상과 맞지 않는다는 사실을 깨닫고, 심한 자기
혐오에 빠져 우울증의 발작을 일으켜 힘들게 써냈던
《죽은 혼》 제2부의 초고를 불태워버림. 여름철에 독일
의 온천에서 요양하고, 가을에 걸쳐 건강이 약간 회복
되자, 10월부터 로마에 체류함.

1846년(37세) 3월 한 달 내내 건강이 좋지 않았으며, 4월에 들어서서
약간 좋아짐. 5월을 파리, 6~7월을 독일, 8~9월을 벨
기에에서 지냄. 7월, 〈친구와의 왕복 서한〉의 최초의
부분을 푸레트뇨프에게 보냄.

1847년(38세) 1월, 〈친구와의 왕복 서한〉을 간행함. 벨린스키를 비롯
해서 많은 친구들로부터 비판을 받음. 벨린스키로부터
〈고골리에게 보내는 편지 Pissimo to gogole〉를 받음. 5
월, 비판에 답해서 〈작가의 고백 Avtorskaja ispoved'〉(사
후의 발표됨)을 씀. 6월, 벨린스키의 비평을 읽고 해명

하는 편지를 씀.

1848년(39세)　1월 말, 나폴리에서 배로 팔레스티나 순례의 여행길을
떠나 2월에 예루살렘에 도착함. 4월 말에 러시아로 돌
아옴. 그 이후 사망할 때까지 더는 외국에 나가지 않음.
5월 초순에 오데사에, 9월까지는 고향인 우크라이나에
서 지냄. 이 동안에 키예프로 여행을 떠남. 틈틈이 《죽
은 혼》의 제2부를 집필함. 9월 말부터 10월에 페테르부
르크에서 네크라소프, 곤차로프 등과 알게 됨.

1850년(41세)　5월까지 모스크바에 머물면서, 혼신의 힘을 다해 《죽
은 혼》의 제2부를 집필함.

1851년(42세)　4월 중순까지 오데사에 머문 후, 우크라이나의 바실리
예프카로 돌아갔다가 6월에 모스크바로 돌아옴. 10월
에 투르게네프를 알게 됨.

1852년(43세)　1월 26일, 오랫동안의 친구인 포미야코프의 부인의 사
망을 접하고 죽음이 공포에 사로잡히게 됨. 1월 말부터
2월 5일에 걸쳐 로마에 체재하던 때부터 그의 영적 지

도자로서 가까이 지냈던 마트베이 콘스탄치노프스키 신부와 톨스토이 백작의 저택에서 여러 차례에 걸쳐 회견하고, 예술을, 또한 죄인이며 이교도인 푸슈킨을 거부하지 않으면 영원히 구원받지 못할 것이라는 말을 듣고 괴로워함. 2월 11일 밤중에 갑자기 광란상태에 빠져 4년간의 노력과 번뇌의 결실인 《죽은 혼》 제2부의 원고를 불태워버림. 이후 일체의 음식을 거부하고 의사의 치료도 받지 않은 채 병상에 누워 있다가, 2월 21일 아침 아무도 돌보지 않는 가운데 쓸쓸하게 생애를 마감함. 유해는 다닐로프 수도원, 노보제비치 수도원의 묘지에 안장됨.

Hye Won World Best